오르고 싶은 나무

오르고 싶은 나무

지은이 _ 김태숙

초판 발행 _ 2014년 1월 10일

펴낸곳 _ 수필미학사
펴낸이 _ 신중현

등록번호 _ 제25100-2013-000025호
등록일자 _ 2013. 9. 2.

대구광역시 달서구 문화회관11안길 22-1(장동) 출판산업단지 9B 7L
전화 _ (053) 554-3431, 3432   팩시밀리 _ (053) 554-3433
홈페이지 _ http://www.학이사.kr
이메일 _ hes3431@naver.com

ISBN _ 979-11-951489-3-6   03810

※ 수필미학사는 도서출판 학이사의 수필 전문 자매회사입니다.

사랑하는 아들, 효석이에게

이제, 시작입니다

　언젠가 겨울 숲에서 새싹의 환영幻影을 본 적이 있습니다. 침묵하는 숲은 동안거에 들어간 수도승 같았지만 숲의 침묵에서 봄날의 설렘을 엿보았습니다. 말없음표가 끝없는 이야기를 내포하고 있듯이 고요한 겨울 숲에서 진실의 언어가 속삭이는 소리를 듣고 기뻤습니다. 그리고 무성한 숲의 이야기가 간절하게 그리웠습니다. 그 사이 두 번의 봄이 피어나고 저물었습니다.

　40편의 원고를 책으로 묶기 위해 교정에 들어갔습니다. 글을 정리하다 보니 지난 2년간의 시간이 풍경처럼 환하게 펼쳐집니다. 마감 시간에 맞추느라 허둥대던 일이며 원고를 전송하고 뿌듯해 하던 일들이 떠오르면서 가슴 한편이 뭉클해집니다.

　짧은 기간에 쫓기듯이 쓴 글이 대부분이라 미숙하고 보잘것없지만 한편 한편이 애틋하고 소중하게 다가옵니다. 이제 지난 시간은 내 삶의 타임캡슐에 저장되어 오래도록 간직되겠지요. 지난날을 되돌아보며 감회에 젖습니다.

원고지 열다섯 장 분량에서 할 수 있는 이야기는 한정되어 있습니다. 하지만 삶의 길목에서 만나는 작고 사소한 풍경들을 놓치지 않고 수필의 그릇에 담으려 합니다. 가슴 뭉클한 순간도 환호하던 순간도 놓치지 않으렵니다. 잊히는 것들, 사라져 가는 것에 대하여 침묵하기보다 기록하는 것만으로 기쁨인 줄 알겠습니다.

　말로 표현할 수 없는 것을 글을 통해서만 드러낼 수 있는 진실이 있는 것을 알게 된 것만으로도 축복인 듯싶습니다.

　지난 2년 동안 비 내리는 날도, 햇빛 찬란한 날도, 쓸 수 있어서 행복했습니다. 그리하여 살아 있는 날까지 이 작은 기쁨을 누렸으면 좋겠습니다.

　이제, 시작입니다.

2014년 1월
김 태 숙

■ 차례

2 춘천 가는 길

3 어떤 길에 관한 기억

4 별이 빛나는 밤에

김태숙 수필집

오르고 싶은 나무

1
DMZ와 장미

문학은 나에게 닿을 수 없는 거대한 성城이 었다.
회색빛 계절에 만난 그것은 청춘의 빛이었고 신기루였다.
시보다 당선 소감을 먼저 쓰기도 하면서
당선 통보는 반드시 성탄절 전날에 온다는 것도 그때 처음 알았다.
눈까지 내려준다면 얼마나 근사할까, 생각만으로도 가슴이 벅찼다.

비망록

　'알라딘'을 찾았다. 교보문고에서 왼편 골목으로 들어서면 입구가 나타나고 곧바로 서점으로 이어지는 계단이 나온다. 중고서점치고는 꽤 넓다. 책만 중고이지 규모는 대형서점 못지않다. 벽에 그려진 작가들의 사진이 특별하다. 회원가입을 하고나서 소설책 두어 권을 고른다. 글쓰기가 막막할 때 위안 삼아 읽을 책이다. 봄비가 내리는 저녁 무렵, 기형도의 사진이 인쇄된 비닐 가방에 책을 넣고 서점을 나온다. 한때 폐허 같이 아름다운 그의 문장에 매료되었던 적이 있었다. 유고 산문집 『짧은 여행의 기록』은 아직도 책장 어딘가에 꽂혀 있을 것이다. 살아 있다면 그도 중년의 나이겠지만 여전히 청년으로 남아 숨 쉰다.

　예전에 중고서점은 대한극장 맞은편과 시청 부근에 몰려

있었다. 주홍빛 표지의 『문학개론』은 그곳에서 샀던 책이다. 아직 책장 한편을 차지하고 있는데 종이도 낡았고 글씨도 작아서 읽기가 힘들지만 버릴 수가 없다. 지난 시간의 흔적이 고스란히 묻어있기 때문이다. 그것은 나에게 책 이상의 의미를 지닌다. 책을 열면 콧날이 시큰해지는 그리운 시간이 펼쳐지고 빛바랜 종이 위에 잠언 같은 서문序文이 새겨져 흐른다. "문학이란 삶을 인식하고 경험을 해석하는 특수한 구조다. 문학을 이해한다는 것은 자기 내부에 자리한 내밀한 자신을 인식하는 행위다." 이 구절에서 오랫동안 머물렀다.

그 무렵, 학교와 집만 시계추처럼 오가며 지냈다. 학교생활이 힘겹고 무의미했다. 시간이 나면 도서관에서 소설책만 뒤적였다. 눅눅하고 빛바랜 헌책처럼 생기 없는 시절을 보내고 있었지만 작품 속에서 가끔 활기를 되찾고는 했다. 소설 속의 몽환적인 분위기에 젖어서 현실과 허구의 세계를 혼동하기도 했지만 그 안에서 무한히 자유로웠다. 숨을 쉴 수 있었고 살아 있음을 느꼈다. 그 시절 문학은 삶 전부였다. 졸업이 다가오고 있었지만 길은 보이지 않고 아득하기만 했다. 지방대학은 졸업해도 대학원 진학이 어렵고 취업은 더욱 힘들던 시절이었다. 이력서를 들고 학교 몇 군데를 찾아다녀 보았지만, 현실의 벽은 두꺼웠고 미래는 불투명했다.

졸업식을 마치고 한 달이 조금 지나서 학교에 다시 나갔다.

시간에 쫓겨 시험 기간이 아니면 펼쳐보지도 못했던 전공 책을 읽고 싶었고 좋아하는 작품에 푹 파묻혀 보고 싶었다. 재학생들 틈에 끼어서 영어 특강을 듣고 강의실을 나오면서 졸업생인 것이 실감이 났다. 도서 대출증은 유효기간이 지나 있었고 내가 소속된 곳은 어느 곳에도 없었다. 그제야 무심코 지나쳤던 교정의 풍경이 새로이 눈에 들어오기 시작했다. 나는 학교가 그리워질 것 같은 예감으로 가슴이 아려왔다. 어영부영 흘러보낸 시간이 후회되었다. 학교에 남고 싶은 마음이 간절했다. 내가 원하는 게 무엇인지 어렴풋이 알 것도 같았다.

환절기를 지나면서 더운 가슴을 추스르지 못하고 휘청거렸다. 그 무렵 문학에 너무 깊이 빠져 있었다. 사랑이 깊었던 만큼 상처도 컸다. 문학은 닿을 수 없는 거대한 성城이었다. 회색빛 계절에 만난 그것은 청춘의 빛이었고 신기루였다. 시보다 당선 소감을 먼저 쓰기도 하면서 당선 통보는 반드시 성탄절 전날에 온다는 것도 처음 알았다. 눈까지 내려준다면 얼마나 근사할까, 생각만으로 가슴이 벅찼다. 습작 시 몇 편을 들고 신문사까지 걸어가면서 아늘한 슬픔에 젖었어도 감미로웠다. 그 시절 문학은 삶이었고 연인이었다. 현실의 결핍이 커질수록 갈망도 비례해 갔다. 문학의 나무에 목매고 싶었던 계절이 지나면서 짧았던 여름도 지고 있었다.

가끔 삶이 시들하고 무의미하게 여겨질 때 그 시절을 떠올려 본다. 문학은 나에게 무엇이었을까 젊은 날 한때 스쳐 가던 별빛 같은 것이었을까. 그때를 생각하면 무심히 지나쳤던 순정한 사랑처럼 가슴 한편이 축축하게 젖어 옴을 느낀다. 한 시절을 마감하고 세상으로 들어가 부대끼고 살아가면서 상처의 흔적은 희미해지고 잊혔다. 그런데 언제부턴가 아련한 시간 속에서 새로이 꿈을 꾸는 자신을 발견한다. 은하수가 쏟아져 내리던 여름밤의 기억 때문일까. 그것은 오래된 습관처럼 낯설지 않고 익숙한 느낌으로 다가온다. 나는 다시 삶을 회복하고 싶어진다. 이제 망설이지 않고 선선히 다가가리라…. 남은 생은 그를 위해 살아가도 괜찮을 듯싶다.

2013. 5.

사월의 빛

    생명의 빛깔은 어떤 색일까. 꽃이 진 자리마다 피어나는 연초록 잎에서 한참 동안 눈을 떼지 못한다. 창 너머 넘실거리는 봄볕에 눈이 부신다. 삶이 한창 무르익는 오후 시간, 나는 수인囚人처럼 병실에 갇혀서 창문 너머 풍경을 꿈결처럼 바라본다. 집으로 돌아가고 싶다. 병원에서의 하루가 한 달처럼 길게 느껴진다. 아직 4월이 아쉬운 듯 머뭇거리고 있지만, 대지는 벌써 열기로 달아오르고 불어오는 바람이 싱그럽다.

    링거병을 가슴에 안고 수술실을 들어가면서 잠깐 울었던 것 같다. 두렵고 무서웠다. 태어나는 아이를 만난다는 기쁨보다 죽음에 대한 공포가 더 컸다. 서른을 갓 넘겼을까 푸른 비닐 캡을 쓴 젊은 의사가 나를 안심시키려고 말을 건넨다. "좋은 일인데 왜 우세요? 엄마가 울면 아기가 예쁘지 않아요."

그녀가 무심코 던진 한 마디가 귓전을 맴돈다. 욕실처럼 타일을 바른 수술실 벽에 커다란 시계가 걸려 있다. 8시 45분을 가리킨다. 몇 시쯤 이곳을 나갈 수 있을까. 이런저런 생각을 하면서 불안한 마음을 애써 누른다. 심호흡을 한번 해 본다. 순간, 의식이 희미해지면서 스르르 잠 속으로 빠져든다. 그리고 서서히 해체되어 간다.

꿈결처럼 희미하게 아기의 울음소리를 들었던 것 같다. 이어서 심한 오한이 밀려오기 시작한다. 수술실을 나서기도 전인데 벌써 의식이 깨어나고 있는 듯하다. 신음을 듣고 간호사가 당황한다. 부산하게 술렁이는 소리를 들으며 까마득히 낭떠러지로 떨어지는 듯 현기증이 몰려온다. 어디론가 둥둥 떠가는 것 같다. 이곳은 어디일까. 수술실에서 어느 회복실로 옮겨가고 있는 걸까. 참을 수 없는 통증이 나를 누른다. 옆에서 수런수런 말소리가 들려온다. "아들이에요. 어머니." 남편의 들뜬 목소리에 이어 시어머니의 목소리도 들리는 듯하다. "그래, 잘 됐구나." 잠시 후 어머니가 내 손을 잡고 나직이 속삭인다. "수고했다…." 극심한 통증 속에서 할 말을 잊는다. 지금은 아무것도 생각나지 않는다. 그저 이 무시무시한 고통에서 벗어나고 싶은 마음뿐이다.

의식이 돌아오고 진통제를 맞았어도 통증은 가시지 않고 나를 괴롭혔다. 간단없이 찾아오는 통증을 견디느라 기진맥

진한다. 목이 타는 듯이 마르지만 물 한 모금 마실 수 없다. 물에 적신 거즈를 입에 물고 간신히 갈증을 견딘다. 이틀 동안 통증과 사투를 벌이고 나서야 문득 아기가 궁금해진다. 어떻게 생겼을까. 신생아 카드를 들여다본다. 아이의 발 지문이 흐릿하게 보인다. 조그맣게 푸릇푸릇 찍혀있는 생명의 혼적이 안쓰럽고 측은하다. 언제쯤 만날 수 있을까. 꼬박 이틀을 통증과 씨름하느라 경황이 없었는데 정신이 드니까 아이가 보고 싶다. 내일은 아기를 만나러 가리라…. 생애 처음 아이와의 만남을 앞두고 나는 설렌다.

면회시간에 맞추어 신생아실을 향하여 천천히 걸어갔다. 땅속으로 꺼질 듯이 아뜩하게 현기증이 몰려와서 가다 서기를 반복하면서도 쉬지 않고 걷는다. 몇 개의 복도를 지나고 다시 엘리베이터를 타면서 아이에게 닿기 위해서 안간힘을 쓴다.

아이와 처음으로 얼굴을 마주했다. 설레는 나와는 달리 두 눈을 꼭 감고 심드렁하게 나를 맞는 어린 생명이 낯설게 느껴진다. 생각만큼 예쁘지도 귀엽지도 않다. 하지만 아기를 보는 순간 눈물이 핑 돈다. 이렇게 만나기 위해서 얼마나 많은 시간을 기다리며 아득하게 먼 길을 걸어왔던가. 초유를 먹이려고 아기를 안아 본다. 서툰 내 동작이 어설퍼 보였던지 간호사가 무릎 위에 쿠션을 받쳐 준다. 나는 수술부위의 아픔도 잊은 채 한참 동안 아이를 들여다본다. 가슴 한가운데가 먹먹해 오면서 평생 아이를 위해서 살아간대도 후회하지 않을 것 같은 생각이 든다. 그리고 잊고 지냈던 엄마가 생각난다. 막내였던 나는 젖이 늘 부족해서 많이 울었다고 했다. 내 결핍의 근원은 그때부터였을까. 두서없는 생각을 해본다. 언제쯤 아기는 눈을 뜨게 될까. 아무리 들여다보고 있어도 눈을 뜰 기미가 보이지 않는다. 눈 한번 맞추고 싶어 팔이 저리도록 아이를 안고 있다가 면회시간을 훌쩍 넘긴다. 내일이면 눈을 마주칠 수 있을까.

아이의 여린 발목에 조그만 이름표가 붙어있다. 세상에서 처음으로 표기된 존재의 증명이다. 혹시 떨어져 나가면 어쩌나 싶어 다시 한 번 살펴본다. 하지만 그것은 완강하게 아이의 발목에 붙어있다 '김태숙 아기'라고 적혀있다. 내 이름이 새겨진 표다. 탯줄을 가르고 난 뒤 나와 연결된 또 하나의 징표다. 이후로 평생 아이에게 발목이 잡혀 살아간다 해도 괜찮다고 여긴다. 만지면 바스러질 것 같이 연약하고 무구한 생명을 어떻게 다루어야 할지 몰라서 쩔쩔맨다. 하지만 서툴고 어설프더라도 곧 익숙해질 거라고 위안해 본다.

아들에게서 전화가 왔다. 주말도 아닌데 뜻밖의 통화에 기분이 좋다. 오늘 아침식단에는 미역국도 나오고 간식도 푸짐

했다고 한다. 요즘 군대 참 많이 좋아졌구나 생각하니 마음이 흐뭇하다. 오늘은 아들의 스물한 번째 생일이다. 그리고 나는 그 해 4월, 푸르던 봄날을 기억하기 위해서 노트북의 전원을 켠다. 싱그러운 봄, 저녁 무렵에.

2013. 4.

11월, 모두 다 사라진 것은 아닌 달

11월은 가을 끝자락에 놓인 달이다. 그리고 수험생에게는 12년 혹은 그 이상의 학업과정을 하루 만에 검증받는 혹독한 달이기도 하다. 예전에 비하면 입시 추위는 많이 사라졌지만 수험생 마음이 위축되어서일까 시험을 치르기 위해 고사장으로 향하는 그들의 표정에서 불안과 추위를 함께 읽는다. 부모의 배웅을 뒤로하고 교문을 들어서는 아이들을 보노라면 나도 모르게 콧날이 시큰해 온다. 이제 무한경쟁의 한 가운데로 들어서게 될 그들이 안쓰러워서다.

아들이 수능시험을 치르던 때도 그랬다. 학교에 도착해서 고사장으로 들어가는 아이가 추워 보여 한 번 안아 주고 싶었지만 부담이 될까 봐 꾹 참았다. 그냥 멀어지던 아이의 모습만 한참 동안 바라보았다. 교사校舍 안으로 총총히 사라져 가던 아들의 뒷모습은 조금 외로워 보였다. 이제 자신의 어깨에 지워진 짐은 아무도 대신해 줄 수 없다는 것을 어렴풋이 알고 있는 듯했다.

예전에 내가 예비고사를 치르던 때도 가을이 깊어 갈 무렵이었다. 시험을 마치고 교문을 나서는데 떨어진 은행잎이 노란 융단을 깔아 놓은 듯 지천으로 흩어져 있었다. 함께 시험을 쳤던 친구와 나는 학교를 나와 무작정 걷기 시작했다. 방금 치른 시험지가 눈앞에 어른거리고 실수한 것만 생각이 나서 마음이 무거웠다. 앞서 걸어가던 친구가 시험을 망친 것 같다며 막막한 표정을 지었다. 우리는 집으로 가는 대신에 근처에 있는 작은 동산으로 올라갔다. 가슴이 답답해서 소리라도 지르지 않으면 안 될 것 같았다. 하지만 소리를 지르는 대신에 노래를 불렀다. 동요에서 시작해서 가곡 그리고 대학가요제 노래까지, 땅거미가 질 때까지 피곤한 줄도 모르고 목이 쉬도록 부르고 또 불렀다.

집으로 돌아오니 마루 끝에 안개꽃이 한 묶음 놓여 있었다. 'H가 다녀갔구나.' 나는 생각했다. 그는 생물학과 3학년인 친구 오빠다. 나는 친구와 함께 영어와 수학 과목을 무료로 지도 받는다. 가끔 그가 말한다. '신입생이 되어 동아리에 들어오는 조건으로 지도해 주는 것'이라고. 하지만 지금과 같은 상황이라면 내년에도 그 다음해에도 대학에 들어간다는 어떤 보장도 할 수가 없다. 그래서 생각해 본다. 지금이라도 공무원 시험을 준비하는 게 훨씬 더 현실적이지 않을까 하고. 입학금도 마련해 두지 않았는데 4년을 견뎌야 할 것을 생각하면 아득하기만 하다. 하지만 어떻게든 대학에 꼭 들어가고 싶다. 그 열망은 너무 간절한 것이어서 가슴에 뻐근한 통증을 느낄 정도다. 우리집 형편을 잘 아는 그는 가끔 농담 삼아 말한다. "합격하면 내가 등록금 빌려 줄 테니 나중에 이자 쳐서 갚아, 하하." 무심코 던지는 그 말에 가슴이 아려온다. 왠지 그와는 영원히 평행선을 달릴 것 같은 예감이 들어서다.

가끔 학교 도서관에서 함께 공부할 때가 있다. 대학 도서관은 넓고 쾌적해서 좋지만 모두 전공 책을 보고 있는데 나만 혼자 수험서를 펼치고 있는 것에 신경이 쓰여서 집중이 되지 않는다. 도서관에 자리가 없을 때는 학과 사무실에 갈 때도 있다. 나뭇잎을 실험용액에 담그고 기다렸다가 예쁘게 채색이 되면 그에게 주기도 한다. 흰 가운을 입고 실험에 열중하는 모습이 부러우면서도 아득하게 느껴진다. 그는 프랑스로 유학 가는 게 꿈이라고 하지만 아래로 동생이 둘이나 있는 집안의 장남이다. 졸업하면 취직을 해야 하고 군에도 가야 한다. 미래가 불투명한 것은 나와 마찬가지였다. 내가 대학에 들어가던 해에 그는 군에 입대했다.

앞날에 대한 진로가 막연하던 시절, 변변한 멘토 하나 없이 스스로 진로를 계획하고 결정하던 때였다. 부모가 나서서 맞춤식으로 입시를 준비하고 학과를 지정해 주는 요즘과는 비교도 되지 않던 시절이었다. 그래서 내가 스스로 선택하고 결정한 것은 번번이 한계를 드러냈다. 최고의 선택이라 생각하고 결정했지만 지나고 보면 아닌 경우가 더 많았다. 나는 외국 문학을 공부하고 싶었다. 하지만 원하는 학과에 지원할 성적도 되지 않았고 이번에 떨어지면 끝이란 생각 때문에 마음이 조급하고 절박했다. 그래서 벼랑 끝에 선 심정으로 학과를 정하고 원서를 내었다. 마치 지금의 선택이 영원히 마지막이라도 되는 것처럼.

'11월, 모두 다 사라진 것은 아닌 달'은 인디언 아라파흐 족이 11월을 지칭하는 이름이다. 그들이 마음에 새기고 있는 11월에 대한 인식과 중의적 의미는 어떤 것일까. 모두 다 사라지지 않았다는 뜻은 무언가 아직 남아있다는 것을 의미하는 것은 아닐까. 그래서 이렇게 해석해 본다. '모두 다 사라지지 않은' 이란 모두 다 남아있다는 뜻으로 말이다. 하지만 그때는 시야가 좁아서일까 미래가 가늠되지 않기에 성급하게 결정하고 포기했다. 11월은 다음 해에도 그다음 해에도 계속된다는 것을 깨닫기까지는 오랜 시간이 걸렸다.

오늘은 수능시험 100일을 앞둔 날이다. 불볕더위 속에서 11월을 생각해 본다. 　　　　　　　　　　　　　　　　　　2013. 7.

해후邂逅

.

꽃샘추위가 한창이던 봄날에 우리는 처음 만났다. 오리엔 테이션을 마치고 학교 앞 버스 정류장에서 차를 기다리다 낯 익은 얼굴을 발견했다. 고사장에서 그녀를 본 기억이 떠올랐 기 때문이다. 나는 그녀가 같은 학과에 지원한 사실도 알게 되었다. 최루탄 가스가 난무하고 시위대의 함성이 높아가던 봄날이었지만, 우리는 파릇한 신입생이었다. 노란 개나리의 새순처럼 희망이 봉긋 피어나던 시절이었다. 학교생활이 차 츰 자리를 잡아가고 낯익은 얼굴이 하나둘 늘어갈 무렵, 학교 는 몇 번의 휴교를 거듭하다가 결국 문을 닫고 말았다. 때 이 른 여름방학을 맞이한 우리는 갈 곳이 없어져 하릴없이 학교 주변에 삼삼오오 모여서 소일거리를 찾다가 집으로 돌아가 곤 했다.

휴교령이 내려진 학교 교문은 경찰들이 지키고 있었으며 학교에 들어갈 수 없게 된 우리는 가끔 시내에서나 만날 수 있었고 시간이 지나면서 그녀가 지향하는 삶의 방향도 어렴풋이 짐작하게 되었다. 그 무렵, 그녀에게서 빌려 본 시집 몇 권이 가슴을 일렁이게 했다. 수녀 시인과 신부님이 쓴 시집이었다. 이해인 수녀의 시집 『내 혼에 불을 놓아』는 그녀가 좋아하던 시집이었으며, 대구 근교에 사제로 있던 이정우 신부의 시집도 그녀가 애독하던 책이었다. 어두운 터널을 지나는 것처럼 암울한 시간을 보내면서 나는 그녀가 준 시집에 차츰 빠져들었다. 그 세계는 지향하는 가치가 높았고 숭고했다. 한 편의 시에서도 행복을 느끼고 배부르던 시절이었다. 그러는 동안에 지루하던 방학도 끝이 나고 학교는 개강이 되었다.

하지만 사복 경찰관이 수시로 들락거리고 가을축제가 연기될 만큼 상황은 여전히 암울했다. 그래도 개의치 않았다. 아무것도 두렵지 않고 겁나지 않았다. 우리에게는 젊음이 있었고 무엇보다 희망이 있었기 때문이다. 그렇게 4년이 꿈결처럼 흘러갔다.

학교를 졸업하고 황사 먼지가 흩날리던 봄날에 그녀는 수도원으로 떠나기 위해서 짐을 꾸렸다. 그녀를 배웅하기 위해 집을 나서면서 평소에 그녀가 좋아하던 「수녀」라는 시를 떠올리며 우리네 삶이 때론 드라마보다 더 극적인 것은 아닐까 하고 생각했다.

수도원은 대구 근교에 자리하고 있었다. 나는 가끔 그곳을 찾아가곤 했다. 그녀와 함께 미사에도 참여하고 일을 도와주기도 했다. 수도원 생활은 단조로운 듯 보였지만, 절제되고 규율이 엄한 듯했다. 검은 수도복에 싸인 그녀의 모습은 평온해 보였고 그곳의 삶에 만족하고 있는 것 같았다. 그녀가 말했다. "이곳에 와서 진정한 자유가 무엇인지 알게 되었다."라고. 그때 나는 그 말을 이해할 수 없었다. 내 안에서 아우성치던 수많은 열망으로 뒤척이던 시기였기 때문이다. 시간이 흐른 지금에서야 그 말의 의미를 조금 헤아릴 수 있을 것 같다.

수도원에서 휴가 나온 그녀와 연락이 닿았다. 만난 지 십여 년의 시간이 지났다. 저물어가는 가을날, 우리는 서로의 안부를 묻고 최인호의 소설 『길 없는 길』에 대해서 이야기했다. 생전에 가톨릭 신자이기도 했던 그를 추억하며 그의 부재를 아쉬워했다. 그녀는 산문집 『인생』을 읽다가 선생의 부음을 들었다고 했다. 이제 우리는 예전처럼 꿈이라든가 미래보다는 지난 일을 회상하며 남은 시간에 대해 더 많이 이야기한다. 조심스레 죽음에 대해서도 담담하게 말할 만큼 세월이 흘렀기 때문이리라. 젊은 날, 수많은 선택의 갈림길에서 그녀가 택했던 길에 대해 아련한 기억을 떠올리며 그의 삶의 여정도 소설 속 주인공이 걸어갔던 것처럼 '길 없는 길'은 아니었을까 생각해 보았다.

여름날의 나뭇잎은 엽록소의 푸른빛에 가려서 본연의 모습을 잊고 있다가 가을이 되어 기온이 내려가고 수분이 증발하면 본래의 빛깔이 선연하게 드러난다. 젊은 날 열정에 가려서 보이지 않고 지나쳤던 우리의 모습이 푸른빛이 사라진 자리에 온전히 모습을 드러낸 단풍의 빛깔처럼, 지금의 모습이 본래 우리의 참모습은 아니었을까.

가을인가 했는데 어느덧 겨울로 가는 길목에 들어섰다. 산간 지방에는 첫서리가 내리고 얼음이 얼었다는 소식이 들려온다. 늦은 가을날, 나는 우연히 문학과 다시 만났고 예전에 가려다 놓친 길을 나서기 위해 채비를 서두르고 있다. 이제 다가오는 겨울이 더는 외롭거나 쓸쓸하지 않으리라.

계절을 마감하는 단풍나무 잎 사이로 옅은 가을 햇살이 자욱하게 내려앉는다.

2013. 10.

온유 溫柔

    교회에서 전화가 왔다. '온유'에 대해서 글을 써 줄 수 있느냐고 물었다. 대답을 망설이자 기자는 승낙의 뜻으로 알았던지 일주일의 기한을 정해주고 전화를 끊었다. 이것저것 해야할 일도 많은데 원고 쓸 일을 생각하니 마음이 다급해졌다. 습작 원고를 들추어 봤지만 온유에 적합한 내용은 한 편도 없었다. 글은 사람이라는 말도 있는데 온유에 대해서 한 편도 쓰지 않을 만큼 마음의 여유가 없었던 것 같아 자괴감이 일었다. 그래서 며칠 동안 온유에 대해서 곰곰이 생각해 보기로 했다.

    편지 쓰기 봉사를 시작한 지 1년이 되어 간다. 교회에 처음 등록한 사람들에게 일주일에 한 통씩 편지를 써 보내는 일이다. 편지라야 전문을 다 작성하는 게 아니고 미리 인쇄된 카드에 간단한 인사말 정도 적는 것에 불과하지만, 얼굴도 모르는 이에게 보내는 것이라 신경이 쓰이고 조심스럽다. 하지만 일도 일이지만 만나는 사람들이 좋아서 계속 해오고 있다. 모두 성품이 온화한 사람들만 모여서 그런지 분위기가 따뜻해서 만나는 게 즐겁기 때문이다. 덕분에 모임은 훈기를 더해가고 계속 지속해 가는 것 같다. 봉사라고는 주일학교 교사밖에 해본 적이 없는 터라 여러 분야에서 헌신하는 그들이 우러러 보이고 존경스럽기만 하다. 어떤 이는 노인 대학에서 봉사하고 있는데 선물을 주는 날이면 서로 받으려고 밀치고 다투는 바람에 아수라장이 되어 누군가 다칠까 봐 걱정되어 전날에는 잠까지 설친다고 했다. 그래도 봉사를 하고 나면 피곤한 것보다 기쁨이 더 크기 때문에 계속해서 하게 된다고 했다.

습작한 원고를 책으로 묶기 위해 교정에 들어갔다. 글을 쓸 때는 모르고 지나쳤는데 거칠고 딱딱한 어휘가 여기저기 눈에 띈다. 문장은 건조하고 굳어 있다. 내 사유가 그만큼 경직되어 있다는 증거이리라.

뒤늦게 글쓰기를 시작하면서 말의 중요성을 깨달아 가고 있다. 말의 운동력이 그것이다. 학계의 보고에 의하면 뇌 속에 있는 언어 중추신경이 인간의 모든 신경계를 지배하고 있다는 게 과학적으로 증명되었다고 한다. 언어가 우리의 삶과 행동에 영향을 미친다는 뜻이리라. 최근에 언어에도 혼이 담

거 있다는 사실을 실감하게 되었다. 글쓴이의 정서가 읽는 이에게 고스란히 전해진다는 것은 글을 읽을 때나 쓸 때마다 느끼는 일이다. 마음이 평온하지 않을 때는 원고지 한 장 쓰는 것도 힘에 부쳐서 쩔쩔매게 된다. 마음이 어수선할 때 쓴 원고를 읽어 보면 글의 행간에 우수가 보이고 고뇌의 흔적이 어른거린다. 흥분해서 쓰게 되면 호흡이 거칠어서 읽기가 불편하고, 감상에 젖어서 쓴 글은 감정의 과잉으로 얼굴이 달아오르도록 부끄럽고 민망하다.

어떤 이가 글을 쓸 때면 모두 유순해진다고 하던 말을 들은 적이 있다. 일리가 있는 말이라서 수긍이 간다. 글을 구상할 때 마음이 안정되지 않으면 한 줄도 제대로 쓸 수 없기 때문이다. 보잘것없는 한 편의 글을 위해서도 마음을 가다듬는 연습부터 해야 한다. 그런 연후에 노트북의 전원을 켜고 메모한 노트를 보기도 하고 자신에게 침잠해 들어가기도 하면서 비로소 쓰기 시작한다.

작은 소망이 하나 있다. 누군가 내 글을 읽었을 때 조금이라도 위안이 되었으면 하는 바람이 그것이다. 그래서 따뜻하고 부드러운 글을 쓰고 싶다. 온유한 글이란 어떤 것일까. 꾸미거나 과장하지 않고 진정성이 묻어나는 진솔한 글을 의미하는 것은 아닐까. 그러므로 진정성이 드러나는 온유한 글을 쓰기 위해서는 자신부터 온화해져야 하리라. 내면을 다스리고 닦아서 투명해질 때까지 기다려야 할 것이다. 그런 연후에는 온유한 글이 탄생할지도 모르리라. 그런데 나는 글을 쓰면서 고요해지고 맑아지는 것을 어렴풋이 느낀다. 선후가 바뀐 것 같지만 아무려면 어떠랴. 언젠가 한 편의 글을 통해서 제대로 된 헌신을 하면 되지 않겠는가. 그들처럼 온화한 분위기를 만들어 가면서 말이다.

온유에 대해서 며칠 동안 곰곰이 생각해 봤지만 끝내 쓰지 못하고 다른 원고로 대체해서 보내야 했다. 다음번에 또 기회가 온다면 그때 제대로 한번 써보리라 다짐하면서. 그러기 위해서는 스스로 온유해지는 연습이 필요한 것은 말할 나위도 없으리라.

2013. 11.

비등점

　고3인 K는 문과에서도 손꼽을 만큼 공부를 잘한다. 중학교 시절부터 일등을 놓친 적이 없는 그의 성적은 항상 상위권에서 맴돈다. 당연히 부모의 기대치도 높다. 그래서 서울에 있는 유명대학에 목표를 두고 맞춤식 논술도 준비하고 있다. 학기 초에는 모든 게 순조롭게 진행되어 가는 듯했다. 그런데 최근에 와서 문제가 불거졌다. 시험에 대한 압박감이 커지면서 모의고사 시험지만 받아들면 초조해져 문제지의 지문 읽기가 어려워지는 사태가 발생한 것이다. 결국, 4월 모의고사에서는 시험을 치르다가 가슴이 답답하고 두통이 몰려와서 시험을 포기하는 지경까지 이르렀다. 그는 병원에 가서 심리검사를 받았고, 지금은 통원 치료를 하면서 수험생활을 하고 있다.

3학년이 되면서 입시 스트레스를 받는 아이들이 생각보다 많다. 부모에게 고통을 호소해도 소통이 안 되는 아이들은 나에게 대신 어려움을 이야기한다. 성적에 대한 압박감 때문에 모의고사를 치르면서 신경 안정제를 먹는 아이들도 간혹 있다. 다달이 치르는 시험 결과를 두고 울고 웃는 아이들을 보는 것이 안타깝기만 하다. 6월이 되면 모의고사 성적은 들쭉날쭉 널뛰기를 시작한다. 재수생들이 몰려오는 시기라서 재학생의 성적은 흔들릴 수밖에 없다. 게다가 차츰 더워지는 날씨도 악재로 작용한다. 1학기가 끝날 즈음이면 시험을 포기하는 아이들도 하나둘씩 늘어난다. 꿈도 지망학과도 수시로 바뀌고 성미 급한 아이들은 일찌감치 재수를 염두에 두기도 한다. 사실은 이때부터 실력을 발휘할 중요한 시기인데 말이다. 나는 그들이 치열한 경쟁에서도 포기하지 않고 목적지까지 무사히 완주했으면 한다. 그리고 한계에 도달했다고 여겨지는 순간, 조금만 더 도약하여 훌쩍 벽을 넘어서기를 바란다. 그리하여 그들이 바라는 꿈을 향하여 훨훨 날아오르기를 원한다.

지난 시절을 돌아보며 내가 포기하고 주저앉았던 미망의 시간에는 어떤 것이 있었을까 생각해 볼 때가 있다. 그러면 비등점에 이르는 과정에서 주저앉고 말았던 어느 시간이 연상되어 회한으로 뒤척이게 된다. 실패할까 봐 두려워 목표 지점 앞에서 벽을 넘지 못하고 포기했던 일이 씁쓸하게 떠오르기 때문이다. 어렵게 시작했던 대학원 공부도 스스로 한계라고 여겼던 벽을 넘지 못하고 중도에 주저앉고 말았다. 지도교수와의 사소한 갈등도 경제적인 문제도 모두 극복하기 힘들었다. 계획도 세우지 않고 무모하게 시작한 일이었기에 내 의지와 인내심은 금방 꺾이고 한계를 드러냈다. 아슬아슬하게 외줄 타듯 마음 졸이며 학교와 직장을 오갔지만 결국 내 안의 열망과 주변의 상황이 만드는 불협화음을 견디지 못하고 주저앉고 말았다. 그리고 스스로 넘을 수 없는 한계라고 선을 그었다. 도달 지점이 가까웠던 문 앞에서.

가끔 꿈속에서 그 시절로 돌아갈 때가 있다. 아직도 무의식 속에 깊게 자리하고 있으면서 좀처럼 지워지지 않는 기억의 흔적 때문에 아득해진다. 조금만 열기를 더했더라면 조금만 더 압력을 견뎠더라면 삶의 무늬가 달라질 수도 있지 않았을까 하고 생각해 보지만, 이제 더는 내 것이 아닌 열망에 대하여 침묵해야 한다는 것을 알고 있다. 비등점을 넘어서지 못하고 주저앉은 시간을 추억하는 것도, 아련한 그리움으로 뒤척이며 살아가는 것도 삶의 또 다른 모습일 테니까.

여름이 지나고 선선한 바람이 불어오면 아이들의 눈빛은 형형하게 빛나기 시작한다. 이즈음이 수험생에게는 학습능률이 최고조에 이르는 시기이기 때문이다. 출발선에 선 마라

토너처럼 그들이 뿜어내는 팽팽한 긴장감이 더없이 좋다. 그들의 뜨겁고 치열한 열망이 전이되어 덩달아 가슴이 더워지기 때문이다. 그리고 무엇인가 다시 시작하고 싶어 서성거리게 되는 순간이기도 하다. 이런 이유로 고산지대를 여행하는 순례자의 길잡이처럼 해마다 입시라는 험준한 산맥을 함께 오르는지도 모를 일이다. 때로는 지치고 한계에 부딪혀 주저앉다가도 훌훌 털고 일어서는 그들이 한편으로 장하기도 하고 대견스럽기도 하다. 그리고 목표를 향해 나아가는 그들이 부럽기도 하다. 그래서 소망한다. 내가 머뭇거리고 넘지 못했던 벽을 그들은 훌쩍 뛰어넘기를. 그리하여 비등점을 넘어서 자유롭게 비상飛翔하기를.

2013. 6.

가을날

'가슴 속에서 검은 담즙이 분비될 때'가 있다. 아침저녁으로 선선한 바람이 불어오는 요즈음에 와서는 더욱 그러하다. 히포크라테스에 의하면 인간의 기본적인 기질은 네 가지 유형으로 나누어지는데 그중에서도 담즙이 많은 사람이 비애를 자주 느낀다고 한다. 그리스어로 검은 담즙을 뜻하는 '멜랑콜리'라는 어휘가 슬픔, 우울을 의미하는 것도 같은 연유인 듯하다. 계절 탓일까. 요즈음 감상에 젖는 날이 잦아진 것 같다. 흐린 하늘에 한 줄기 소슬한 바람이 스쳐 가는 것을 보면서도 가슴이 서늘해진다. 그런데 사계절 중에서 유독 가을날에 감상에 젖게 되는 이유는 무엇일까. 그것은 아마 풍요로운 계절 다음에 오는 황량한 겨울날의 실존적인 불안 때문인지도 모르겠다.

가을이면 떠오르는 산문이 있다. 이효석의 수필「낙엽을 태우면서」에 수록된 몇 구절의 문장이 그것이다. "낙엽 타는 냄새같이 좋은 게 있을까, 갓 볶아낸 커피의 냄새가 난다. 잘 익은 개암 냄새가 난다." 이 구절을 연상하며 낙엽 태우는 곳에서 한참 동안 감상에 젖었던 기억이 있다. 하지만 자칫 낭만적으로 읽힐 수 있는 이 문장은 오히려 가을날의 감상을 경계하고 현실에 충실할 것을 강조하는 글이란 것을 알고 고소苦笑를 금치 못했다. 가을은 조락의 계절이긴 하지만 감상에 젖을 게 아니라 "이야기 속의 주인공처럼 생활인의 모습으로 돌아가야 한다."라고 주장하는 글이었기 때문이다. 산문은 낙엽을 죽어버린 꽃의 껍질에 비유하면서 그것은 실현되지 못한 꿈의 조각이므로 감상에 젖지 말고 현실 속으로 의연하게 들어가서 삶을 직시하라고 이야기하고 있는 듯했다. 그리하여 죽어버린 꿈의 조각인 낙엽을 땅속 깊이 파묻고 생활인의 자세로 돌아가야 한다고 말하고 있었다. 여기에는 감상이 끼어들 여지가 없어 보인다.

독일의 시인 릴케는「가을날」이란 시편에서 인간은 실존적인 불안을 스스로 극복할 수 없는 불완전한 존재이므로 절대자에게 의지해야 한다고 말하고 있었다. 시인에게 가을은 황량한 계절이 아니라 오히려 신의 은총을 풍성하게 느낄 수 있는 아름다운 계절로 그려져 있었다. 그리하여 첫 행을 "주여

때가 왔습니다"로 시작하고 있다. 인간은 절대적인 고독 속에서만 신을 찾게 되므로 그 시간은 외로운 시간이 아니라 오히려 축복의 시간이어야 한다고 말하는 듯했다. 가을은 황량한 계절이며 다가오는 겨울을 준비해야 하므로 인간에게 실존적인 고독과 불안은 피할 수 없는 필연적인 과제이기도 하다. 그리하여 '밤을 새워 긴 편지를 쓰기'도 하고 '이리저리 가로수 길을 헤매기'도 하면서 우리의 근원적인 고독과 불안을 극복하려고 애쓰는 것이다. 하지만 인간의 실존적인 고독은 스스로 극복할 수 없다. 절대자에게 의지해야만 가능한 일이다. 그래서 시인은 가을이 절대자와의 만남을 가능케 하는 은총의 시간이라고 말하고 있는 듯했다. 인간은 고독 속에서만 신을 찾을 수 있기 때문이다. 그리하여 가을이 더는 조락의 계절이거나 허무의 시간이 아닌 풍성하고 은혜로운 시간으로 변모하게 되는 것이다.

릴케의 영향을 받은 김현승 시인은 「가을의 기도」라는 시편에서 인간의 실존적인 고독을 축복의 경지로까지 확대하고 있는 듯하다. 신은 우리에게 당신을 통하지 않고서는 절대 채울 수 없는 고독을 주셨는지도 모르기 때문이다. 그래서 시인은 가을을 맞이하여 '겸허한 모국어'로 자신을 채우고 싶다고 고백하고 있다. 모국어는 기도를 의미한다. 화자는 인생 행로에서 '굽이치는 바다'처럼 희비가 교차하는 삶의 현장을 지나고 험난한 세파를 거쳐서 도달한 곳이 '백합의 골짜기'라고 말하고 있다. 백합은 성서에서 순결한 신앙을 상징하기도 하며 영적 환희의 경지에 도달한 상태를 의미하기도 한다. 하지만 시인은 그곳에 안주하지 않고 절대 고독의 경지에까지 나아간다. '마른 나뭇가지 위에 다다른 까마귀'의 형상이 그것이다. 시인의 절대적이고 고독한 실존의 모습이 까마귀로 집약되고 있다. 그런데 시인에게 실존적 고독은 우리가 느끼는 것처럼 절망적인 고독이 아니라 희망적인 고독으로 보인다. 오로지 절대자에게로만 향한 '견고한 고독'이기 때문이다.

'몸속에서 분비된 검은 담즙이 강물을 이루고 폭포가 되어 마침내 가슴'에 스며들 때까지 나는 여전히 '굽이치는 바다와 백합의 골짜기' 사이에서 머뭇거리고 있을 것 같다. 이야기 속의 주인공처럼 생활인의 모습으로 돌아가지도 못하고 밤새워 편지를 쓰거나 가로수 길을 배회할 것 같은 예감이 들어서다. 시인처럼 백합의 골짜기를 지나지도 못하고 절대 고독의 경지에까지 나아가지도 못한 채 말이다.

2013. 10.

DMZ와 장미

올해는 정전 60년이 되는 해다. 그래서일까 신문과 방송에서 경쟁하듯 DMZ 와 관련된 영상물을 제작해서 방영하고 있다. 그중에서 며칠 전에 본 모 일간지의 기사와 사진이 오래도록 뇌리에 남았다. 군사 분계선이 있는 GOP 철책선에 붉은 장미꽃이 꽂혀있는 사진이었다. 마치 넝쿨장미가 피어있는 것 같은 형상이었지만 녹슨 철책선을 두르고 있던 장미의 꽃잎이 비현실적으로 아름다워서 아릿한 슬픔이 밀려왔다. 나는 사진을 보면서 강원도에서 군 복무 중인 아들을 떠올렸다. 장미의 무구한 모습이 아들의 얼굴과 오버랩 되어 왔기 때문이다.

핵실험이 있던 지난 2월은 불안한 가슴을 쓸어내리며 보낸 나날이었다. 아들에게서 휴가가 취소되었다는 전화가 왔을 때 서운한 마음을 가눌 길 없었다. 길을 가다가 공중전화 부스에서 귀대 여부를 묻는 장병들을 보면 가슴이 철렁 내려앉곤 했다. 상황이 나쁘게 전개되고 있는 것 같아 불길한 생각만 자꾸 들었다. 전후 세대인 나는 전쟁을 직접 겪어보지 않은 터라 그것을 이미지로 인식하고 상상한다. 영화나 책을 통해서 간접적으로 경험한 전쟁이란 기호는 그것만으로도 공포를 느끼기에 충분했다. 어수선한 분위기 속에서 끔찍한 상황이 실제로 일어날까 봐 두려웠고 실제 상황으로 재현될 것 같은 생생한 현실감 때문에 당혹스럽기도 했다. 나는 매일 실시간으로 전해지던 뉴스를 지켜보면서 불안한 나날을 보냈다. 다행히 아들은 예정대로 휴가를 나왔고 팽팽하던 긴장은 다소 누그러드는 듯했다. 잔인한 2월이었다.

KBS가 특집으로 제작한 다큐멘터리 〈DMZ를 바라보는 4가지 시선〉은 잠시도 긴장의 끈을 늦출 수 없는 군사분계선 주변의 상황을 담담하게 기록한 영상물이었다. '눈보라'라는 표현이 그처럼 적확하게 쓰일 수 있을까. 쌓인 눈이 바람에 날려서 다시 쌓인다는 최전방 고지에는 눈의 위력을 실감하듯 매서운 눈보라가 몰아치고 있었다. 그 한가운데 체감온도가 영하 30도를 넘나드는 혹한의 추위 속에서 제설작업을 하는 병사들의 모습이 눈에 들어왔다. 그들을 보면서 아들이 그곳에 배치되지 않아 다행이라고 여겼던 지난날 옹졸한 생각에 대해서 부끄러움을 느꼈다. 그리고 세계에서 유일하게 남아있는 냉전의 땅, 내가 사는 이곳이 여전히 전쟁의 불안과 공포에서 자유로울 수 없다는 슬픈 자각으로 마음이 무거웠다.

DMZ 주변의 자연을 조명한 '4부'에서 눈길을 끌었던 것은 군사 분계선이 지척에 있다는 사실이 무색하도록 아름답고 평화로운 그곳의 풍경이었다. 사람이 지나가도 겁을 내지 않던 야생 고라니와 노루, 병사들이 가까이 다가가도 물끄러미 쳐다보기만 하던 순한 눈빛의 사슴무리들. 그들이 겨울 동안 먹을 식량을 마련해 두고 지나가는 길목마다 먹이를 놓아주던 병사들의 모습은 마치 자연과 인간이 조화롭게 어울려 살아가는 다큐멘터리 영화의 한 장면 같았다. 산빛은 부드러웠고 하늘은 맑고 푸르렀다. 이렇듯 아름답고 평화로운 풍경 속에서도 보이지 않는 팽팽한 긴장은 여전히 지속되고 있는 듯했다. 언젠가 통일 전망대에서 하나의 풍경으로 바라보았던 DMZ에 대한 흐릿한 이미지는 아들이 군에 간 후론 생생한 현실의 기호로 새롭게 다가왔다. 아름다운 자연을 사이에 두고 철책선으로 가로지른 하늘 너머로 계절은 변함없이 피어서 지고 깊어가는 산촌의 가을이 저물어 가고 있었다. 그곳에서 고된 훈련을 마치고 줄을 지어 행군하던 병사들의 모습을 보며 아들의 얼굴이 떠올라 가슴 한편이 먹먹해 왔다.

아들이 복무하고 있던 고장도 경관이 아름다운 곳이었다. 자연 휴양림 지역으로도 유명한 이름난 곳이기도 했지만 내게는 무덤덤하게 다가왔다. 깊은 골짜기의 수려한 산세도 곱게 물들기 시작하던 가을 단풍도 눈에 들어오지 않았다. 여행길에 들렀던 고장이 아니라 훈련을 받고 있던 아들을 면회하러 갔던 곳이기 때문이었다. 사면이 산으로 둘러싸인 외진 산골에서 2년 동안 지내야 하는 아들을 생각하면 아름다운 가을날의 풍경도 깊은 계곡 사이로 흐르던 청정한 물빛도 시야에 들어오지 않았다. 가도 가도 험준한 산과 깊은 골짜기만 지루하게 이어지던 외진 산골일 뿐이었다. 그곳에서 두 번의 겨울을 맞이하고 보내는 동안 아들은 혹한기 훈련을 통하여 폭설에 맞서는 방법을 하나쯤 배우고 돌아올지도 모를 일이었다.

만약 아들이 군에 있지 않았다면 영상물을 유심히 보는 대신에 지나쳐 버리지 않았을까. 뉴스에 나오는 자료화면 정도로만 생각하며 무심히 흘려버렸을지도 모를 일이었다. 아름다운 풍경에만 눈길을 주면서…. 이렇듯 같은 사물을 보더라도 우리가 처한 상황에 따라서 그것을 인식하는 태도에는 많은 차이가 있었다. 같은 맥락에서 DMZ를 바라보는 시각에도 다소 차이가 있을 것이다. 분단의 상황이 어떤 이에게는 흐릿한 이미지로 비치기도 하지만 누군가에게는 생생한 현실의 기호로 작동하기도 한다. 그곳은 여전히 남북이 대치하고 있는 공간이고 팽팽한 긴장이 흐르고 있으며 포연砲煙의 기억이 자욱하게 살아나는 곳이기 때문이다. 그 GOP 철책선 아래 오늘도 우리의 아들들이 평화를 꿈꾸는 시간에 살고 있다. 스무 살, 장미꽃보다 아름다운 청춘들이.

2013. 8.

불혹不惑

『마흔, 논어를 읽어야 할 시간』은 인문학 카운슬링이다. 책을 읽으면서 궁금했다. 왜 하필 마흔일까? 고전은 우리 삶의 행로에 유용한 길잡이 역할을 한다. 그런데 마흔은 생의 반환점에서 새로운 길을 가기에는 늦은 나이가 아니던가. 여태껏 걸어온 길을 계속해서 가는 것도 버거운 나이인데『논어』를 읽어야 한다니…. 더군다나 마흔이란 나이는 인생의 재2의 사춘기라고 할 만큼 존재의 뿌리가 송두리째 흔들리는 혼란스런 시기가 아니던가. 갈팡질팡하는 마음을 고전을 통하여 지혜를 터득하면 미혹의 터널을 수월하게 벗어날 수 있다는 뜻인지 몰랐다.

불혹不惑의 사전적 의미는 '마음이 흐려서 갈팡질팡하지 않다'는 뜻이다. 『논어』위정爲政편에 나오는 말이다. '四十而

不惑'(마흔이 되어서는 사물의 판단에 의혹을 일으키지 않았다)라고 기록되어 있다. 『논어』자한子罕편에서도 되풀이된다. '知者는 不惑'(지혜로운 사람은 미혹되지 않고)이라고 씌어 있다.

철학자 강신주는 불혹不惑에서 혹惑의 뜻풀이를 이렇게 했다. 혹惑은 '혹시'라는 의구심을 뜻하는 혹或과 마음 심心으로 이루어진 글자다. 자신의 결정에 대해서 의심하는 마음상태가 혹惑이라는 것이다. 혹시 내가 잘못된 곳에 뿌리를 내린 것은 아닐까 하고 의심하는 생각의 바탕에는 우리가 어딘가에 뿌리를 두고 있다는 사실에서 비롯된다. 좋은 곳에 뿌리를 내렸더라면 크고 아름답게 자랄 수 있지 않았을까 하고 자신의 결정에 대해서 의문을 가지는 것이 바로 혹惑의 상태라는 것이다.

뛰어난 이상주의자이면서 현실주의자였던 공자는 서른의 나이에 뜻을 세우고 마흔이 되어서는 미혹되지 않았다고 했다. 현실에 뿌리를 깊게 내리고 이상을 향해 꿈을 키워가는 나무는 미래에 대한 희망과 확신으로 흔들리지 않고 굳건하게 서 있어야 한다. 현실에 대한 확신과 미래에 대한 뚜렷한 의지가 없다면 나무는 흔들릴 수밖에 없기 때문이다. 공자는 오로지 구도를 향한 일념으로 불혹의 경지에 도달할 수 있었다. 하지만 대부분 사람은 구도와 무관하게 불혹의 의미를 이해하고 있는 듯하다. 우리가 추구하는 세속적인 가치와 공자가 지향했던 철학과는 많은 차이가 있는데도 말이다.

성현인 공자는 구도의 일념으로 정진한 끝에 불혹의 경지에 도달했다. 하지만 평범한 삶을 사는 대부분 사람은 공자의 철학과 무관하게 불혹의 의미를 해석하고 자신의 삶에 적용해 왔던 것 같다. 나 역시 불혹의 뜻을 사전적 의미로만 이해하고 있었다. 하지만 마흔은 나에게 불혹이 아니라 미혹의 시간이었다. 내가 딛고 서 있는 현실에 대해서 회의하고 갈등하던 시절이었다. 마흔의 중턱에서 돌부리에 걸려 넘어질 것처럼 위태로웠다. 채워지지 않는 허기와 갈증으로 흔들렸다. 내면에서 뜨거운 갈망이 물밀 듯 밀려 오고 있었지만 새롭게 시작하기에는 너무 멀리 와 있는 듯했다. 돌아가기에는 늦었다는 후회가 가슴을 쳤다. 나무가 송두리째 뽑혀 나갈 것 같이 흔들리는 가운데 나무의 뿌리가 허옇게 드러나게 깊이 팬 땅을 망연히 내려다보았다. 삶이 비루하고 쓸쓸했다.

어쩌면 마흔이란 나이는 피상적인 숫자에 불과한지도 모른다. 나이와 상관없이 흔들리면서 살아가는 게 우리의 삶인지도 모르니까 말이다. "옛날은 가는 게 아니고 이렇게 자꾸 오는 것이었다"라는 이문재의 시 구절처럼 시간의 '자욱한 역류'를 바라보며 지난 시절을 돌아보고 자책하며 후회하는 것이 우리의 모습인지도 모르기 때문이다.

아직도 나는 미혹의 시간을 잊을 수 없다. 관성처럼 하루하루 살아가는 지금은 그때가 문득 그리울 때도 있지만, 혼자 감당하기엔 벅차고 혹독한 시절이었음을 부인할 수 없다. 그렇게 마흔의 정점에서 맞닥뜨렸던 혼란의 시간은 아직도 내 가슴 속에 선명하게 새겨져 있다. 지워지지 않는 기억의 흔적으로.

2013. 4.

안녕하세요, 수녀님

여름이 절정을 향해 가고 있습니다. 그동안 잘 지냈는지요. 오랜만에 편지를 쓰면서 옛날이 생각났습니다. 학기가 끝나고 방학이 되면 엽서를 보내고 했던 일 말입니다. 손바닥만한 사각의 여백에 빼곡하게 써 내려간 글은 이제 내용은 잊었지만 자주 인용되던 이해인 수녀의 투명한 시구절은 기억에 남았습니다. 그중에 「수녀」란 시가 있었지요. 우연한 일치였을까요. 글라라 수녀님이 그 시를 좋아했던 일 말입니다. 그때 벌써 미래를 예감하고 있었던 게 아니었을까요.

언제나 꽃샘추위가 기승을 부리던 봄날이 생각났습니다. 수녀님이 수도원으로 떠나던 날, 그곳까지 함께 갔던 일 말입니다. 흙바람이 마구 불어오던 길을 수녀님을 남겨두고 혼자 되돌아오면서 많은 생각을 했습니다. 수도원의 높은 담 너머 세계가 오히려 자유롭다고 담담하게 말하던 일이 그때는 이해가 되지 않았지만, 시간이 흐른 지금 그 시절을 되돌아보면서 '자유'에 대해 생각해 봅니다. 벌써 30년도 훨씬 지난 일입니다.

우연히 시작한 글쓰기는 아직 모색 기간입니다. 원고지 열장 쓰는 것도 힘에 부쳐서 쩔쩔매고 있습니다. 하지만 기왕 시작한 일 제대로 한번 해 보리라 마음을 굳게 먹어보지만, 생각처럼 쉽지 않습니다. 그래서 순수한 독자로 남는 일이 행복하다는 사실을 새삼 깨닫게 됩니다.

피천득 선생의 「수필」을 다시 읽었습니다. 수필은 친구에게서 받은 편지처럼 자연스러움이 배어나는 글이라고 합니다. 그것은 20대 청춘의 글이기보다 나이 지긋한 중년의 글이라고 하네요. 색채에 비유한다면 비둘기 빛이거나 진줏빛 같은 것이라고 합니다. 색채는 화려하지도 어둡지도 않은 담담한 빛깔입니다. 무채색에 가까운 은은한 빛깔이지요. 그 담백한 색채는 인생에서 특별히 가슴 설레는 열망이나 벅찬 감동도 없이 일상에 길들여 살아가는 중년의 시간과 닮아있는 듯합니다. 젊은 시절, 내면의 아우성을 잠재우는 데는 수필보다 시가 적합하지 않을까 생각해 봅니다. 그들은 아직 인생을 회고하고 성찰할 만큼 많이 살지 않았으니까요. 한때 우리도 시 주변을 서성거리지 않았습니까.

수필 쓰기를 공부하면서 수필보다는 다른 장르의 글에 눈길이 먼저 갑니다. 젊은 작가들의 신선하고 거침없는 문장 앞에서 한없이 초라해지는 자신을 봅니다. 그리고 쓰다만 원고의 초고를 물끄러미 내려다 봅니다. 글쓰기는 아직 나에게 고통입니다. 언제쯤 즐거운 글쓰기에 도달할 수 있을까요. 물 흐르듯이 막힘이 없고 유순한 글을 쓰고 싶습니다. 맑은 감성으로 깊이 있는 사유를 아우르는 문장에 도달하기가 아직 멀게 느껴지지만, 서두르지 않고 천천히 나아가려고 합니다.

인간에게 참된 신앙이란 잃어버린 에덴동산을 찾아가는 과정이라고 합니다. 그리고 그곳은 어딘가에 존재하는 미지의 세계가 아니라 우리의 내면에 이미 존재하고 있는 것을 스스로 발견하는 일이라고 하네요. 인간은 철저한 자기부정을 통해서만 신을 발견할 수 있다고 합니다. 부끄럽게도 여태껏 종교생활을 하고 있었다면 이제부터는 신앙생활을 하려고 다짐해 봅니다. 알량한 나의 이성으로 재단하고 판단했던 가치에 대해서 다시 점검해 보려 합니다. 좋은 신앙의 멘토도 만났습니다. 행운이지요. 그들과 함께 있으면 마음이 평온합니다. 서로의 내면을 가식 없이 열어 보일 수 있어서 마음이 편안합니다.

어젯밤에는 오랜만에 선풍기 도움 없이 잠이 들었습니다. 새벽녘에는 어렴풋이 가을 풀벌레 소리도 들었던 것 같습니다. 여름의 절정에서 가을을 예감합니다. 불볕더위에 생기 없이 처져 있는 식물처럼 나태해진 마음을 다시 가다듬어야 할 것 같습니다.

참, 아들이 다음 주에 군에 입대합니다. 태어나서 처음 집을 떠나 오랜 시간 낯선 곳에 머물겠지요. 여름이 가기 전에 수도원에 한 번 갈까 생각합니다. 아이의 빈자리가 허전해 오면…. 그때까지 건강하기를 빕니다.

2012. 8.

2
춘천 가는 길

삶의 속살을 정직하게 바라보는 것,
존재하는 것에 대한 따뜻한 연민,
그리고 덧없는 삶 저 너머 영원한 세계에 대한 그리움,
이 모든 것이 글쓰기의 토양이 될 것이다.
글쓰기는 나의 내밀한 고해성사다.

대설주의보

눈 소식이 들려옵니다. 강원도에는 벌써 첫눈이 내리고 기온이 영하로 내려갔다고 하네요. 이제부터 본격적인 겨울이 시작되나 봅니다. 아들이 첫 외박을 신청하고 전화를 했습니다. 목소리를 듣고 나니 공연히 마음이 분주해지면서 아이를 만날 생각에 설레기 시작합니다.

분지에서 태어나고 자란 아들은 눈을 좋아합니다. 그런데 강원도 산골에서 겨울을 두 번이나 보내는 동안 예고 없이 내리는 폭설에 질리게 될지도 모르겠습니다. 좋은 것도 자주 보면 싫증이 나게 마련이니까요. 눈사람을 만들며 즐거워하던 아이는 눈의 무서운 위력을 실감하게 될지도 모를 일입니다.

아들이 소속되어 있는 포병부대는 시골의 초등학교 분교 같았습니다. 사면이 모두 산으로 둘러싸인 고즈넉한 산골에 작은 부대가 자리하고 있었습니다. 환영幻影처럼 길 저편에서 걸어오던 아이가 환하게 웃었습니다. 그곳에서 2년간 지내야 하는 아들과 안쓰러운 청춘들을 만났습니다. 모두 내 아들 같은 그들을 보면서 한편으로 마음이 짠해졌습니다.

몇 주 후면 시작되는 '혹한기 훈련'에 대비해서 아이와 함께 방한용품을 사러 시내로 나갔습니다. 밤이면 체감온도가 영하 20도까지 내려가는 매서운 추위를 견디기에는 가지고 있는 용품이 부족한 듯해서 내의와 장갑 등 필요한 것을 몇 가지씩 샀습니다. 아들은 기대 반 걱정 반으로 "이것만 있으면 충분하다."고 합니다. 그리고 훈련이 끝나면 미루어둔 첫 휴가를 나오겠다고 하네요. 그때 성큼 자란 아들을 말없이 안아 주고 싶습니다.

우리는 살아가면서 아무 준비 없이 생의 혹한기를 맞이할 때가 있습니다. 삶이 예정된 여정이라면 혹한에 대비해서 훈련도 하고 준비도 하겠지만 예측할 수 없는 우발적인 상황 앞에서 속수무책으로 당할 수밖에 도리가 없을 때 말입니다. 준비 없이 맞닥뜨린 폭설 앞에서는 길 위의 이정표도 사라지고 강물 위에 길을 내는 '부표'도 아무 소용이 없어집니다. 그리고 길이 사라진 곳에는 지척을 분간할 수 없는 안개만 자욱할 뿐입니다. 이번 혹한기 훈련을 통해서 아들은 매서운 한파에 대처하는 방법을 하나쯤 배우고 돌아왔으면 좋겠습니다.

서해 바닷가 작은 섬마을에서 생활하며 시를 쓰는 함민복 시인의 산문집에 이런 글이 있습니다. 배는 앞에서 끌고 가는 힘이 아닌 뒤에서 밀고 가는 힘으로 움직인다고 합니다. 작은 배의 엔진은 뒷부분인 '고물'에 붙어 있다고 하네요. 그것은 앞부분 '이물'을 가볍게 해 파도를 잘 헤쳐나가기 위해서입니다. 배의 방향을 조절하는 키도 추진력을 만드는 물 회전 날개도 모두 '고물'에 붙어있기 때문입니다. 뒤에서 몰아야 배 전체를 살펴볼 수 있기 때문이라고 시인은 말합니다.

어리석게도 나는 아들의 삶을 앞에서 이끌어 간다고 생각했습니다. 그것은 삶을 더 살았기에 길에 익숙하다고 여겼기 때문이지요. 하지만 익숙한 길에서도 가끔 방향을 잃어버리기도 하고 강물 위에 표시한 부표가 사라질 수도 있다는 사실을 잊었습니다. 이제부터는 아들이 스스로 헤쳐나가도록 뒤에서 묵묵히 지켜주어야겠다고 생각했습니다. 어쩌면 아이는 이번 혹한기 훈련을 체험하면서 세파를 헤쳐나가는 용기와 홀로서는 방법을 하나쯤 깨쳐서 돌아올지 모르겠습니다.

그동안 홍천강에 얼음이 얼고 눈이 쌓이고 다시 강물이 풀리는 시간이 두어 번 거듭되면, 아들은 폭설에 대처하는 방법을 스스로 터득하게 되겠지요. 그리고 한층 더 늠름해진 모습으로 돌아올 것입니다. 그때까지 묵묵히 지켜보리라 마음먹어 봅니다.
2012. 12.

춘천 가는 길

청춘들이 봄 시냇물처럼 흘러 왔다 잠시 머무는 곳이 춘천春川인지도 모른다. 예전에 오정희 선생의 소설에 매료되어 있을 때 그 도시는 특별한 의미로 다가왔다. 내가 좋아하는 작가가 사는 고장이었고 소설 속에서 인용되던 소양강 주변의 아름다운 풍경과 물안개 때문이었다. 작품을 통하여 추체험한 그곳은 한 번도 타 본 적 없는 경춘선 열차와 함께 아름답고 서정적인 도시로 뇌리에 남았다. 하지만 아들이 그곳 훈련소에 입소하고부터 환상은 흔적도 없이 사라졌다.

태풍 볼라벤이 사나운 비바람을 동반하고 한반도 중심에 들던 날, 우리 가족은 모두 춘천행 버스에 올랐다. 며칠 전부터 밥도 제대로 먹지 않고 고민하는 모습을 보이던 아들은 짧은 머리를 감추느라 모자를 눌러 쓴 채 아무 말이 없었다. 확인되지 않은 군 생활에 대한 왜곡된 정보 때문인지 오랜 시간 집을 떠나 있어야 한다는 서운함 때문인지 헤아리지도 못한 채 아들을 바라보는 내 마음도 심란하기는 마찬가지였다. 이런저런 이유로 후방에서 공익요원으로 복무하는 친구 아들이 한편으로 부럽기도 했다. 하지만 신체 건강한 남자라면 당연히 거쳐야 하는 관문이라고 자신을 위로했다.

훈련소 주변의 식당은 가는 곳마다 입영하는 이들과 가족들로 북적였다. 조금은 들뜨고 숙연한 분위기 속에서 우리는 이른 점심을 먹었다. 춘천 본 고장에서 먹는 춘천 닭갈비는 이름만큼 맵고 칼칼했다. 말없이 밥을 먹는 아들의 짧은 머리가 안쓰러워 차츰 가슴이 저리기 시작했다. 아이는 방학 동안 수련회를 가던 것을 제외하고는 오랫동안 집을 떠나 본 적이 없었다. 그런데 이제 낯선 곳에서 훈련을 받으면서 스스로 일어서고 강해지는 연습을 해야 할 것이었다.

입소하는 훈련병을 환영하는 현수막이 비에 젖고 바람에 펄럭이는 거리를 지나서 행사장에 도착했다. 비가 오는 관계로 환영식은 취소되고 곧바로 강당으로 들어가라는 안내 방송이 흘러나왔다. 아들의 눈에 빗물인지 눈물인지 모를 이슬이 잠깐 맺히는가 싶더니 꾸벅 절을 하고는 강당 쪽으로 뛰어가 버렸다. 순식간에 일어난 일이라 실감이 나지 않아 비안개가 자욱하게 내리는 땅만 망연히 바라보고 서 있었다. 멀어지던 아이의 뒷모습이 흐릿하고 조그맣게 사라져 갈 때까지.

아들이 입대하고 나서 일상도 많이 달라졌다. 아침에 일어나면 먼저 컴퓨터부터 켜는 것으로 하루를 시작한다. 그리고 '화랑전사' 카페에 들어가서 '오늘의 식단표'를 점검하고 훈련 일정을 살펴본다. 생소한 군사 용어는 인터넷을 통해 검색하면서 비로소 아들의 부재를 실감한다. 그리고 편지를 쓰면서 아이를 만나는 기쁨으로 설렌다. 멀리 떨어져 있지만 공간은 문제되지 않는다. 마음은 온통 아들에게로 향해있기 때문이다.

아파트 정문 앞에 빨간색 우체통이 하나 서 있다. 예전에는 그곳을 무심히 지나쳤는데 지금은 자주 눈길이 간다. 아들에 대한 그리움이 잠시 머무는 곳이기 때문이다

해가 질 무렵이면 불현듯 보고 싶다. 금방이라도 환한 얼굴로 현관을 들어설 것만 같다. 예전에 오빠가 군에 간 뒤에 어머니는 저녁밥을 한 그릇 아랫목에 묻어 두곤 하였다. 그리고 대문 가로 자주 눈길을 보냈다. 그때는 이유를 알지 못했는데 지금에서야 어머니의 심정을 헤아릴 것 같다.

며칠 전 인터넷 카페에 올라온 아들의 사진은 얼굴이 조금 야위고 표정이 굳어서 생소했다. 그런 아이의 모습이 낯설어서 울고 보고 싶어서 울었다. 하지만 메일과 편지에는 내색하지 않았다. 마음이 약해지면 안 되니까.

옛날 다윗 왕이 신하에게 명령했다. 마음이 슬플 때는 기쁘게 하고 기쁠 때는 슬프게 하는 물건을 가져오라고 했다. 신하들은 밤을 새워 궁리한 끝에 지혜로운 솔로몬을 찾아갔다. 그리고 솔로몬과 의논한 끝에 반지 하나를 만들어서 다윗 왕에게 바쳤다. 반지에는 이런 글귀가 새겨져 있었다. '이것 또한 지나가리라….'

2012. 9.

가을 우체국

아들이 군에 입대하고 나서 우체국을 자주 찾는다. 훈련기간에는 반창고나 선크림 같은 생활용품을 부치기 위해서고 기념일에는 초콜릿을 부치기 위해서 들렀다. 평소 같으면 그런 날은 무심코 지나갔겠지만 군대에서 고생하고 있을 아들을 생각하면 무슨 구실을 만들어서도 선물을 보내주고 싶었다. 우체국에는 남자친구나 남동생에게 보낼 물품을 접수하느라 사람들로 붐비고 있었다. 지나쳤으면 후회할 뻔했다는 생각이 들 정도로 사람들이 많았다. 그들은 우체국에 비치된 규격 상자에 물건을 담고 접수를 하는 과정이 귀찮다기보다 즐겁다는 표정이었다. 선물을 받고 기뻐할 남자친구나 남동생의 모습을 상상한 것이리라. 나도 그들 틈에서 상자를 포장하고 접수를 마쳤다. 오랜만에 쓴 편지도 함께 넣었다.

아들이 훈련소에 있을 때 편지를 쓰고 나서 카페에 게시된 글을 읽곤 했다. 특히 여자아이들의 글이 궁금했다. 군에 간 남자친구에게 요즈음 젊은이들은 어떤 편지를 쓰는지 호기심이 일었다. 글이 공개된다는 이유 때문일까. 이모티콘이 섞인 글은 경쾌하고 짧은 문장이 대부분이었으며 직설적인 사랑의 표현이 지나쳐서 민망했다. 엄지족에 해당하는 그들은 정보를 빠르게 소통하는 데는 익숙했지만 진지한 사고는 부족한 듯했다. 지나치게 축약된 문자는 금방 알아보기 어려웠고 그들만의 은어도 이해하는 데 시간이 걸렸다. 세대 차이를 느꼈다.

세월의 흔적과 함께 낡아가는 상자가 있다. 그 안에는 오래된 편지글이 가득 들었다. 아이가 유치원 다닐 때 쓴 편지와 친구가 보낸 것이다. 그리고 오래전 야학에서 만났던 여학생이 보낸 것도 함께 있다. 점순이는 야학에서 만난 학생이었다. 글쓰기를 좋아해서 일주일에 한 두통씩 편지를 써서 내 서랍에 넣어두곤 했다. 나는 글쓰기 연습에 필요한 일이라 생각되어 답장도 해주지 않은 채 지나쳤다. 편지에는 그 나이 또래가 가지게 마련인 고만고만한 고민과 때묻지 않은 꿈들이 가지런히 놓여 있었다. 문장은 아름다웠고 문학적인 상상력도 풍부했다. 나는 차츰 그 아이의 편지가 기다려졌다. 가끔 답장도 해 주었다. 그러다가 학기가 끝나고 소식이 끊겼다. 그녀도 지금쯤 중년의 여인이 되었을 것이다. 그때 쓴 편지는 여전히 열일곱 살에 머물고 있는데. 시간의 섬처럼.

편지글 중에서 가슴 뭉클하게 다가오는 것은 아들이 쓴 글이다. 어버이날 유치원에서 쓴 것으로 보이는 그것은 맞춤법도 맞지 않고 글씨도 서툴게 쓴 것이 대부분이지만 글을 읽노라면 입가에 미소가 저절로 피어오른다. 아이의 순정한 마음이 고스란히 전해지기 때문이리라. 그리고 군에 입대하고 며칠 지나서 옷가지와 함께 보내온 편지는 전문을 다 읽기도 전에 눈앞이 뿌옇게 흐려 와서 몇 번이고 다시 읽었던 가슴 아린 글이다. 슬픔을 감추느라 짐짓 태연한 척 썼지만 편지 행간에는 훈련소에서의 고된 일상과 집으로 향한 그리움이 점점이 묻어 있었다.

가끔 편지가 담긴 상자를 열어 본다. 그리고 그곳에 남아있는 그들의 이야기에 귀를 기울이며 아련한 추억에 젖기도 한다. 편지는 쓰는 이의 마음에 간직한 내밀한 속살을 보여주는 행위가 아닐까. 몇 번이고 쓰고 지우기를 반복하면서 진심이 전달되기를 바라는 마음으로 쓰곤 했으니까.

주홍빛 가방에 편지를 가득 담고 집 앞을 지나가던 우체부 아저씨를 기다렸던 적이 있었다. 운이 좋은 날은 편지 외에도 두툼한 소포를 받기도 했다. 두근거리는 마음으로 포장지를 끄르던 기억이 지금도 새롭다. 이제는 아파트 현관에 비치된 우편함에서 예전처럼 설레며 기다리던 편지는 찾아볼 수 없다. 아들도 편지 대신에 전화나 메일로 소식을 알려온다. 그래도 혹시나 하는 마음으로 우편함을 뒤적여 보지만 광고지와 각종 청구서만 빼곡하게 들어차 있을 뿐이다. 내가 보내지 않았는데 편지가 올 리가 없다. 그래서일까 비어있는 우편함을 보면 편지가 쓰고 싶고 예전처럼 편지를 가득 싣고 골목길을 달리던 우체부 아저씨의 자전거가 문득 그리워진다.

편지를 쓴 지가 언제였는지 까마득하다. 간단한 용건은 문자나 메일을 주고 받느라 편지 쓰는 것을 잊고 지냈다. 이제 기승을 부리던 더위도 저만치 물러가고 무심코 올려다본 푸른 하늘이 눈에 시리게 들어올 때, 우체국 창가에서 부치지 않을 편지를 쓰고 싶다. 서랍 안에 추억처럼 놓여 있을 만년필을 꺼내어 푸른 잉크를 가득 채우고 긴 편지를 쓰고 싶다. 내가 나에게 보내는 화살기도 같은 편지를.

2013. 8.

뿌리에게

아들이 훈련소에 입소하고 한 달 만에 면회를 가는 날이었다. 오전 10시부터 시작하는 수료식 행사 시간에 맞추느라 밤잠을 설쳐가며 아침이 되기를 기다리다 동이 트기도 전에 일어나 홍천으로 향했다. 새벽의 어둠과 지척을 분간하기 힘들도록 자욱하게 내린 안개 때문에 앞차와의 거리를 가늠할 수 없었지만 아이를 보고 싶은 마음에 곡예운전도 마다하지 않고 새벽의 고속도로를 쉬지 않고 달렸다.

깊고 외진 산속에 자리한 신병훈련소는 안개에 둘러싸여 고즈넉하고 쓸쓸했다. 이런 곳에서 힘든 훈련을 받으며 생활했던 것일까. 부대 입구 언덕 위에 작은 교회의 첨탑이 눈에 들어왔다. 아들이 주일마다 그곳에서 예배도 드리고 초코파이도 먹는다고 이야기하던 곳 같았다.

한 달 동안 훈련소에서 보내온 편지에는 집에 대한 그리움이 글의 행간마다 점점이 묻어 있었다. 평소에는 흔한 생일카드 한 장 쓰지 않던 아들이었지만 훈련소에 입소하고부터 하루가 멀다고 편지를 보내왔다. 훈련 기간 중 가장 힘들다는 4주차에 보내온 글은 이렇게 시작되었다. '오늘은 각개전투 훈련을 받았습니다. 그런데 그것 별것 아닙니다. 전쟁영화 보면 병사들이 뛰어다니는 것 보셨죠? 그냥 그렇게 하는 겁니다. 위험한 것 하나도 없고 다리만 조금 아플 뿐입니다. 하하.' 아이는 우리가 걱정할까 봐 지나치게 긍정적으로 쓰고 있었다. 편지는 계속 이어졌다. 사격도 그런대로 할 만하고 가장 힘든다는 30킬로미터 행군도 동료와 함께하는 것이어서 할 만하다고 했다. 야외훈련은 다섯 명이 한 조가 되어 실외에서 텐트를 치고 훈련을 받는 것인데 캠핑 온 셈 치고 즐거운 마음으로 하겠으니 아무 염려 말라고 했다. 하지만 그 모든 훈련이 고되고 힘든 것을 알고 있기에 아들의 지나친 위로가 오히려 마음을 더 아프게 했다.

　수료식은 예정된 시간에 맞추어 진행되었다. 아들에게 이등병 계급장을 달아주는 남편의 눈시울이 붉게 충혈되었다. 어린아이로만 생각하고 걱정했는데 몰라보게 늠름해져 있었다. 모든 걱정이 기우였다.

　아들은 자신이 생활하는 내무반으로 우리를 안내했다. 아이가 소속된 소대가 중대 전체에서 사격을 포함해 모든 종목에서 일등을 했다며 들뜬 목소리로 자랑했다. TV에서나 보았던 내무반의 환경은 그런대로 깨끗하고 정리정돈이 잘 되어 있었다. 아들은 평소의 까다로운 성격과 달리 군 생활에 잘 적응하는 듯했다. 내무반의 딱딱한 마룻바닥에서 잠도 잘 자며 불편함을 못 느낀다고 해서 대견하기까지 했다.

아들이 편지에 먹고 싶다고 일러준 음식과 가져간 과자는 분량이 많았다. 식탐이라고는 없는 아이였는데 먹고 싶은 과자 종류가 많아서 내심 놀랐다. 아마 집을 떠나 있으면서 느낀 정서적인 공허감 때문이었으리라…. 아들은 밤을 새워 준비해간 음식물을 앞에 놓고 먹으면서 한 달 동안 훈련을 받으면서 경험했던 이야기를 하기 시작했다. 수류탄을 던졌는데 호수 밑으로 떨어지면서 내는 소리가 천둥 치는 소리같이 커서 깜짝 놀랐다며 천진스레 웃었다. 아들은 생전 처음 가늘고 여린 손으로 총의 방아쇠를 당기고 수류탄을 던지고 했을 것이다. 나는 훈련 받느라 까맣게 그을린 아이의 손등을 가만히 쓰다듬어 보았다. 소년에서 청년으로 훌쩍 자란 아들의 손을.

한 달 동안 카페에 들러 편지를 쓰면서 아들을 만나는 기쁨으로 설레고 행복했다. 그런데 기쁨의 정체는 무엇이었을까. 사랑은 '존재에 대한 강렬한 회심'이라는데 그 행위 자체가 기쁨을 가져다준 것은 아닐까. 스스로 충만하여 베풀고 하강

하는 '아가페'처럼.

　이제 아들은 푸르고 늠름한 수목처럼 성장해 갈 것이다. 그런 나무를 눈부시게 바라보며 한 줌 흙으로 삭아져 내려도 '어리석고도 은밀한 기쁨으로' 행복해 할 것이다. 그것이 살아가는 이유가 될지 모르기 때문이다.

　　깊은 곳에서 네가 나의 뿌리였을 때
　　내 가슴에서 끓어오르 던 벌레들 그러나 지금은 하나의 빈 그릇
　　너의 푸른 줄기 솟아 햇살에 반짝이면
　　나는 어느 산비탈 순한 흙으로 일구어지고 있을 테니

　　　　　　　　　　　　　　　－ 나희덕, 「뿌리에게」 중에서

　　　　　　　　　　　　　　　　　2012. 9.

청아한 그녀

딩~동, 문자가 왔습니다. 그녀가 보내온 메시지입니다. 오늘은 조금 일찍 출발한다고 하네요. 시계를 보니 버스가 도착할 시간이 다 되었습니다. 나도 서둘러 집을 나섭니다. 교회 차를 함께 이용하는 그녀는 나와 같은 아파트에 살고 있습니다. 교회까지는 대략 30분 정도 소요되는 거리입니다. 우리는 가는 동안 이런저런 이야기를 나눕니다. 여자들의 일상에서 빼놓을 수 없는 아이들 이야기가 화제 대부분을 차지합니다. 그녀도 아들이 군에서 복무 중이라고 합니다. 올해 후반기에 전역한다고 하네요. 나는 그녀가 조금 부러워집니다. 차창으로 스치는 바람이 싱그러운 아침입니다. 여름의 문턱에서 차츰 짙어가는 5월의 신록이 눈부시게 아름답습니다.

그녀를 만난 것은 작년 봄이었습니다. 교회 버스를 기다리고 있는데 누군가 목례를 했습니다. 나도 답례를 했습니다. 이렇게 해서 우리의 인연은 시작되었습니다. 나는 예의있고 반듯한 그녀에게 호감이 갔습니다. 그녀는 병원에서 간호사로 근무한다고 합니다. 부드럽고 따뜻한 이미지가 직업과 잘 어울린다고 생각해 봅니다. 가끔 그녀와 나란히 앉아서 예배를 드릴 때도 있습니다. 찬송가를 부르는 그녀의 목소리는 청아합니다. 예배를 마치고 종종걸음으로 대학부 예배실로 향하는 뒷모습이 아름답네요. 그녀는 한 주간의 피로도 잊은 듯 온종일 교회에서 주일학교 교사로 섬깁니다. 그녀를 보면서 예전 내 모습이 떠올라서 아득해집니다. 가끔 함께 봉사하자고 제의를 해 왔지만 그냥 웃음으로 넘겼습니다. 그러다가 올해는 어느 부서라도 들어가야겠다고 마음먹어 봅니다. 그렇게 해야 내가 힘들 때 기도로 간구해도 그분께 명분이 설 것 같으니까요.

예전에 주일학교에서 교사로 헌신할 때 성경 구절을 건성으로 읽고 아무 감동도 없이 아이들에게 전달했습니다. 한 주간 여유 없이 사느라 지쳐있던 탓에 유일하게 쉴 수 있는 주일마저도 학생들과 씨름해야 하는 일에 짜증이 났습니다. 울며 겨자 먹기 식으로 하는 봉사는 나를 지치게 하고 힘들게 했습니다. 주위에 있으면서 도움이 필요했던 아이들을 따뜻하게 감싸주지 못하고 지나쳤던 일이 생각나서 후회됩니다.

며칠 전부터 성경 말씀을 묵상하고 기도로 준비해온 이들과 건성으로 시간만 보내려 하던 나는 그들과 비교도 안 될 만큼 차이가 났습니다. 그래서 스스로 견디지 못하고 교사를 그만 두었습니다. 하지만 집에 와서도 마음이 편치 않고 허전해 왔습니다. 예배 시간에 부르던 찬양이 그리워지면서 그들의 모습이 눈앞에 어른거렸습니다. 문제는 모두 내 안에 있었습니다. 본질을 잃어버린 것이 원인이었습니다.

유년시절, 시골 예배당에서 맑게 울려퍼지던 청아한 종소리와 정겹던 풍금 소리가 그리울 때가 있습니다. 넉넉한 사랑으로 품어주고 다독여 주던 주일학교 선생님 얼굴도 떠오르네요. 눈 내리던 성탄 전날 밤, 등불을 들고 집집이 다니면서 새벽 송을 돌던 아련한 추억도 그립습니다. 커다란 종이에 악보도 없이 가사만 쓰인 찬송가를 지휘봉으로 넘겨 가며 열심히 가르쳐 주던 선생님도 생각납니다. 풍금을 타며 부르던 찬송이 천상의 소리 같던 때였습니다. 아늑하던 시절, 내 영혼이 따뜻했던 시간에서 나는 너무 멀리 와 있는 것 같습니다. 누군가 그러더군요. 어둠 속에서 한 번이라도 빛을 생각해 본 사람이면 그것을 잊지 못하고 빛을 향해 평생에 걸친 여행을 시작할 수도 있다고. 그리고 빛이 존재하기 위해서는 어둠이 필요하다는 것도 이제 어렴풋이 알 것 같습니다. 나는 잃어버린 본질을 다시 회복하고 싶습니다.

주일 아침, 풍성하게 차려진 은혜의 식탁에서 한 주 동안 일용할 양식을 준비합니다. 덤으로는 아름다운 찬양까지 듣는 호사를 누립니다. 우리의 신체기관은 모두 소중하지만 그 중에서도 청력의 귀중함을 깨닫는 순간입니다. 시력은 점자로도 대신할 수 있지만 청력은 어떤 것으로도 대신할 수 없기 때문입니다. 그래서 아름다운 찬양을 들을 수 있고 감동을 할 수 있음에 감사드립니다. 청아하고 감미로운 플루트 선율에 나를 맡기고 은혜의 강물에 차츰 젖어들면서 형언할 수 없는 환희가 전신을 감싸는 기쁨과 만납니다. 음악은 영혼을 치유하고 정화해 주는 묘약입니다. 움츠렸던 마음이 환하게 밝아오면서 한결 풍요로워진 듯합니다. 이렇듯 풍성하고 은혜로운 시간을 통하여 한 주간 살아갈 힘을 회복합니다.

향기가 있는 사람이란 어떤 사람일까요. 영혼의 빛 같은 에너지가 느껴지는 사람일 겁니다. 나는 그녀를 보는 일이 즐겁습니다. 그리고 다음 주일이 기다려집니다. 우연한 일치일까요. 그녀의 이름은 부르기도 청아한 '0청하'입니다.

2013. 5.

선물

오래된 오디오가 있다. 20년도 훨씬 넘은 아날로그 기기다. 가족들은 낡은 오디오 대신에 성능 좋고 기능도 다양한 새것으로 바꾸자고 조르지만 버리기 아까워서 거실 한쪽에 두고 있다. 유일하게 LP 음반으로 들을 수 있는 귀한 것이기 때문이다. 그동안 스피커도 한 번 교체하고 바늘도 새로 갈았더니 새것과 다름없어 보인다.

흐린 봄날 오후나 산 그림자 길게 내려앉는 저녁 무렵이면 턴테이블에 음반을 걸고 아날로그 감상에 젖는 것도 즐거움 중 하나다. 음악을 듣기보다는 추억을 듣는다는 표현이 더 어울릴 듯하지만.

학원에 근무할 때였다. 우리 반 학생에게서 LP 음반을 선물 받았다. 그때는 오디오가 없던 때라 선물 받은 음반을 듣지도 못한 채 서랍에 넣어두고 지냈다. 가끔 그 아이는 곡의 감상에 대해서 물었지만 그냥 좋다고 얼버무렸다. 며칠이 지나자 어떤 음반인지 궁금해지기 시작했다. 큰마음 먹고 오디오를 장만하기로 했다. 그때는 신용카드가 흔치 않던 때라 한 달 월급을 모두 털어서 오디오를 사들였다. 그리고 선물 받은 음반을 꺼냈다. '베르디'의 가곡집이었다. 나는 학생이 음반을 주면서 했던 말을 떠올렸다. 내가 그 곡을 좋아할 거라는 말을…. 다음날 곡의 감상에 대해서 말하려고 그를 찾았지만 학원을 그만둔 뒤였다. 음반 한 장 때문에 얼떨결에 장만한 오디오는 그 후로도 아끼는 물건 중 하나가 되었다. 그리고 한창 음반 수집에 재미를 느낄 무렵 CD 음반이 나오기 시작하면서 LP 음반은 추억 속으로 사라졌다.

최근에 그 음반을 다시 들었다. 음악도 시간이 지나면 감동의 깊이가 달라지는 것일까. 예전에 느끼지 못했던 색다른 울림으로 다가왔다. 요즘은 음악도 대량으로 복제하는 시대다. 소중한 이에게 선물할 음반을 고르느라 고심하던 시절은 지났다. 컴퓨터에 저장된 음악 파일을 MP3로 다운받아 언제 어디서나 간편하게 즐기는 시대가 되었다. 매체가 다양해진 만큼 감동도 깊어진 것은 아니겠지만. 아무튼 그 음반 덕분에 오디오는 아직 제자리를 지키고 있다.

수능 시험 전날이었다. 옆집 학부모가 현관문을 두드렸다.

그녀의 손에는 손수 만든 케이크 상자가 들려 있었다. 수험생 부모의 마음을 헤아려서일까. 긴장하지 말고 마음 편하게 가지라는 격려와 함께 케이크 상자를 건넸다. 평소에 마주치면 인사 정도 나누던 이웃이었다. 지난해에 그 집 아이가 대학에 들어간 것은 알고 있었지만 그때 나는 무심히 지나쳤었다.

친지들은 하나같이 제과점 빵과 초콜릿을 보내왔는데 손수 만든 케이크라니…. 나는 감동했다. 그리고 왠지 좋은 예감이 들었다. 식탁 한가운데 케이크를 놓고 주위에는 초콜릿과 예쁘게 포장한 빵과 과자 등으로 푸짐하게 차렸다. 3년 동안 힘들었던 수험생활이 끝난다는 해방감 때문인지 아들은 내일이 시험이란 사실도 잊은 채 들떠 있었다. 오랜만에 활짝 웃는 아들의 모습을 보면서 긴장했던 내 마음도 한결 푸근해지는 듯했다.

주위에 수험생이 있을 때 제과점에서 만든 빵이나 초콜릿을 사서 보내곤 했다. 직접 만들 재주도 없을뿐더러 간편하기 때문이었다. 하지만 표준화된 크기와 맛을 지닌 그것은 정성보다 의무감이 작용하지 않았는지 모르겠다. 정성으로 준비하는 선물은 받는 이 못지않게 주는 사람도 설레고 행복한 법이다. 물건을 고르고 포장을 하며 우리는 상상한다. 이것을 받고 어떤 표정을 지을까 하고. 그리고 언젠가는 사물의 세계가 의미와 가치의 세계로 변하는 시간이 있기 마련이다. 그

학생의 음반처럼. 이웃집의 손수 만든 케이크처럼.

유난히 어려웠던 그해 수능시험에서 만족스러운 성적은 아니었지만 아들은 원하는 학과에 합격했다. 최소한 재수를 면하게 된 것만으로도 나에게는 큰 선물이 되었다.

지난 스승의 날, 받고 싶은 최고의 선물로 편지가 뽑혔다. 정성이 담긴 한 통의 편지는 어떤 값 비싼 선물보다 신비한 아우라를 지닌다. 5월이면 부치지 않은 긴 편지를 쓰고 싶다. K 선생님께. 대학 시절, 시론 대신 인생을 가르쳤던 분이다. 가난한 제자에게 장학금을 주기 위해 교양과목 성적을 일부러 잘못 기재해 재시험을 치르게 했다. 나중에 알았지만 잘못되면 사표까지 써야 할 중대한 사안이었다. 나는 그때 일이 두고두고 죄스러웠다. 학문하는 자세, 진정한 학자의 길이 어떤 것인지 몸소 본이 되셨던 분이다. 나는 선생님 연구실 조교가 부러웠다. 졸업하면 취직 같은 거 하지 말고 학교에 남고 싶었다. 학자금 융자만 끝나면 다시 돌아가리라 생각했지만, 소박한 바람은 끝내 희망 사항으로 남았다.

가끔 사는 게 시들해질 때 그 시절을 떠올려 본다. 그때보다 지금은 가진 게 많지만 행복한지 자신에게 물어본다. 그리고 부치지 않을 편지를 쓰면서 아름다운 만남의 축복도 인생의 값진 선물이 아니었을까 생각해 보았다. 저물어 가는 봄날에.

2012. 5.

강원도의 봄

영화 〈레 미제라블〉을 패러디한 동영상 '레 밀리터리블'을 보았다. 어느 공군 본부 미디어 영상 팀이 만든 이 동영상은 유튜브에 오른 지 하루 만에 조회 수 40만 회를 넘기며 입소문을 타고 빠르게 인기몰이를 하고 있다.

공군 병사들이 연일 내리는 폭설로 제설 작업을 하면서 겪는 애환을 담은 영상물의 첫 장면은 공군 장병이 활주로에 쌓인 눈을 치우며 노래를 부르는 것으로 시작된다. 마치 영화에서 장발장을 비롯해 여러 명의 죄수가 작업장에서 합창하는 장면과 비슷하다. 부대에 폭설이 내려서 제설 작업을 하느라 이병 장발장은 눈길을 헤치고 면회 온 여자친구 코제트와 이야기도 나누지 못하고 헤어져야 하는 안타까운 상황이다. "저 눈이 나보다 더 중요 하냐."라고 반문하는 코제트를 뒤로

하고 눈을 치우기 위해 당직 사관이 기다리는 곳으로 홀연히 떠난다. 절교 선언을 하는 그녀의 눈길을 애써 외면하면서. 그리고 아픈 마음을 달래고 있을 때 합창이 들려온다. 곧 봄이 온다는 희망찬 메시지와 함께 음악이 울려 퍼지면서 영상은 끝이 난다.

이 동영상은 13분간의 짧은 영상물에 불과하지만 표현하려는 내용은 절대 가볍지 않다. 젊은 시절, 그들이 군에서 보내는 2년 남짓한 기간은 길고 힘든 시간일 수도 있기 때문이다. 하지만 긴 인생의 여정에서 보면 지극히 짧은 순간일 수도 있다. 그리고 혹독한 겨울을 지나고 맞이하는 봄은 남다른 의미가 있을는지 모른다.

최근 언론 매체를 떠들썩하게 한 인사청문회를 보면, 장관 후보자가 낙마落馬하는 원인 가운데 빠짐없이 등장하는 것 중하나가 아들 병역 문제다. 정치인들의 병역비리 문제는 어제오늘의 이야기가 아니다. 그만큼 흔한 화제가 되어 버렸다. 그리고 면제 사유로 내세우는 건강상 이유라는 것도 예전과 별로 달라진 것이 없다. 그들 말대로라면 정치인의 아들은 모두 타고난 약골 체질이거나 선천적으로 건강에 이상이 있는 사람들이다. 하지만 꼼수 부린다는 것을 알고 있기에 그것을 바라보는 국민의 시선이 곱지만은 않다. 오래전에 대통령 후보중 한 사람도 아들 병역 문제가 불거지면서 대선에서 참패했던 적이 있었다. 연예인 중에서도 어떤 이는 병역을 면제 받기 위해서 고의로 신체를 훼손했다가 적발되기도 했다. 신문에 심심찮게 보도되는 병역비리 사건을 보면 그 방법도 다양해지고 갈수록 지능화되어 가는 것 같다. 그들은 병역을 면제 받기 위해서 끔찍한 자해를 하는 경우도 있다. 고의로 다리뼈를 부러뜨리는가 하면 일부러 자동차 사고를 내기도 한다. 예전에는 대학원에 진학하면 병역을 면제해 주는 제도가 있었다. 그때도 대학원에 진학해서 너도나도 군 면제를 받곤 했었다.

　말도 많고 탈도 많은 병역 문제에는 여러 가지 근본적이고 복합적인 문제가 내재하여 있겠지만 다소 과장되고 왜곡된 정보도 군에 가기를 싫어하는 이유 중 하나이지 싶다. 최근 케이블 TV에서 방영하고 있는 〈푸른 거탑〉은 군대에서 일어나는 여러 가지 일화를 재미있게 그려낸 드라마다. 말년 병장을 중심으로 군대에서 일어나는 권태롭고 건조한 일상을 흥미롭게 구성하려 했지만 왜곡된 부분도 적잖게 보인다. 단편적이긴 해도 우리가 알고 있는 군 생활에 대한 잘못된 오해와 진실은 이러하다. 초코파이와 탄산음료는 신병교육기간만 지나면 있어도 먹지 않는다. 매점에 가면 마음껏 사 먹을 수 있기 때문이다. 예쁜 여동생이나 누나가 있으면 내무반 생활이 수월하다는 것도 옛말이다. 요즘 내무반은 같은 계급의 동료와 생활하기 때문에 선임병에게 신경쓸 일이 별로 없다. 아

들 말을 들어보면 군 생활이 그다지 삭막하지만은 않은 듯하
다. 후임병이 외출할 때 선임병이 군화를 닦아 주고 간식도
사서 준다고 한다. 마찬가지로 아들도 후임병이 오면 선례를
따라서 그대로 베풀어야 할 것이다. 의도적이긴 해도 훈훈한
정이 오가는 것 같아서 마음이 한결 놓인다.

　군대에 대한 과장되고 왜곡된 정보는 지양되었으면 한다.
긍정적인 시각으로 보면 온실 속에서 곱게 자란 아이들이 군
생활을 통하여 인내심을 기르고 스스로 강해질 수 있는 귀한
시간이 될 수도 있기 때문이다. 마음만 먹으면 그곳에서도 얼
마든지 책도 읽을 수 있고 종교 생활도 자유롭게 할 수 있다.
매스컴에서 지나치게 과장하여 그려낸 군 생활과 그릇된 인
식이 문제라면 더 문제일 것이다. ‘피할 수 없다면 즐겨라.’는
말처럼 아들이 군 복무 기간을 젊은 날의 값진 체험으로 삼아
잘 극복하여 헤쳐나가길 바랄 뿐이다.

　귀대 준비를 서두르며 짐을 챙기던 아들이 책 두어 권을 가
방에 넣는다. 그 모습을 보면서 안도한다. 이제 군 생활에 차
츰 적응되어 가고 있다는 뜻이리라. 7박 8일의 휴식을 끝내고
부대로 돌아가는 아들의 등 뒤로 투명한 봄 햇살이 환하게 쏟
아져 내린다. 머지않아 강원도에도 곧 따뜻한 봄이 찾아올 것
이다.

2013. 3.

흔들리며 피는 꽃

EBS 교육방송 중에 〈선생님이 달라졌어요〉란 프로가 있다. 수업 코치 전문가들이 출연해서 실제 수업 장면을 녹화하고 문제점을 찾아내어 교사와 함께 교정해 나가는 프로다. 그날 출연한 어느 고등학교 국어 교사는 반 학생들과 수업 시간에 소통이 잘 안 되어 방송국에 출연 신청을 했다. 그리고 평소의 수업 장면을 녹화한 테이프를 보면서 상황을 분석하고 문제점을 찾기 시작했다. 나는 TV를 통해 우리 교육현장의 한 단면을 보고 있었다.

학생들 대부분은 학원에서 선행학습을 마쳤기 때문에 수업 시간에 흥미가 없다. 그래서 그 시간에 엎드려 잠을 자거나 다른 과목을 공부하느라 집중하지 못한다. 그런 학생들 앞에서 교사는 힘이 빠질 수밖에 없는 노릇이다. 한때 시인 지망생이던 감수성 여린 교사는 수업의 동기 유발을 위해 자신이 창작한 시를 낭송하다가 아이들의 시큰둥한 반응에 목이 메어 끝내 눈물을 흘리고 말았다. 자신의 진심이 전달되지 않는 안타까움 때문이었을까 아니면 교직 생활에 회의를 느꼈기 때문일까.

교사가 바라는 문학수업은 학생들이 마음을 열고 적극적으로 참여하는 수업일 것이다. 하지만 우리의 교육 현실은 냉혹하다. 입시 준비에 바쁜 그들에게 시는 가슴으로 느끼는 예술 작품이 아니라 머리로 이해하는 과목이 된 지 오래다. 수능 기출 유형에 초점을 맞추어 작품을 해체하고 분석하는 문학 수업은 수학이나 다른 과목처럼 별 차이가 없다. 그래서 아이들은 문학 시간에 하품하거나 교사가 맥빠지는 행동을 했을 것이다.

학생과의 소통에 문제점을 발견한 교사는 수업 방식을 교사 중심에서 학생 중심의 수업으로 교정해 나가면서 아이들과 눈높이를 맞추려고 애썼다. 그 결과 자작시를 낭송할 때 외면했던 학생들이 선생님을 위해 도종환 시인의 시 「흔들리며 피는 꽃」을 한목소리로 낭송하면서 방송은 감동적으로 마무리되었다.

나는 가슴이 따뜻해 오는 것을 느꼈다. 그리고 학생들을 향한 순수와 열정을 지닌 교사에게 격려의 박수를 보냈다. 그들도 수능시험에 한 문제 더 맞추는 수업보다 선생님과 함께했던 소중한 시간을 오래 기억하길 바랐다. 아름다운 추억을 간직한 사람은 행복하니까. 선생님 또한 그 성장통이 아름답게 승화되어 지금의 순수와 열정을 때묻히지 않고 십 년, 이십 년 후에도 행복한 교사로 남길 진심으로 바랐다.

새 학기가 시작되면서 내가 만났던 아이들은 시험에 한 번 실패한 재수생들이었다. 어느 학생이 패러디한 시 "재수생 일기"에서처럼 그들은 자신을 징역 1년에 벌금 2,000만 원이 부과된 '죄수생'으로 부른다. 그리고 다음 해에는 모범수로 사회에 복귀한다는 야무진 신념으로 공부만 하기로 결심한다. 그러나 전체 수험생 중 소수에 해당하는 일등급을 향한 치열한 경쟁은 절대 만만치 않다. 잘못된 제도 때문에 그들은 인생의 출발선에서 벌써 실패를 경험한 아이들이다. 그러나 공부 잘하고 자신을 절제하는 특별반 아이들보다 평범하지만 가슴이 따뜻하고 인간미 있는 아이들에게 더 정이 간다. 처음에 완강한 침묵으로 대하던 그들도 5월쯤 되면 복도에서 마주치면 인사도 하고 자판기 커피도 뽑아서 스스럼없이 건넨다. 간혹 수줍게 사랑을 시작한 아이들이 상담을 요청하는 시기도 이즈음이다. 돌덩어리도 사랑할 수 있는 스무 살이 아니던가.

미래에 대한 막연한 동경과 불안, 혼돈의 시간에 서 있는 아이들. 청춘의 성장통을 겪는 그들이 조금 안쓰럽다. 하지만 그 고통마저도 훗날 아름다운 추억이 될 수 있음을 그들은 알지 못한다. 환상이 많은 시기이니까. 그리고 그 모습에서 예전의 내 모습을 본다. 문학이란 프리즘을 통해서 세상을 바라보고 인식했던 그때, 나는 변하지 않는 절대적 가치가 어딘가에 존재하고 그것이 인간을 구원한다고 믿고 있었다. 하지만 그것은 현실에서 너무 멀리 있었고 도달할 수 없는 견고한 성城이기도 했다. 그리고 푸른 절망이 희망의 단단한 씨앗인 것을 그때는 알지 못했다. 환상이 많았던 시기라서 그랬을까.

꽃샘추위가 찾아왔다. 성급하게 꽃망울을 터트린 목련의 하얀 속살이 눈부시게 아름답다. 심술궂은 봄바람에도 아랑곳하지 않고 목련의 흰 꽃잎은 청초한 모습으로 향기를 뿜을 것이다. 순백의 자태를 자랑하면서.

2012. 4.

참을 수 없는 글쓰기의 무거움

소설가 김승옥은 어느 날 신비한 체험을 했다. 창작의 고통으로 삶을 포기하고 싶을 만큼 절망적인 상황에서 신의 존재를 깨달은 것이다. 그 후 작가의 길을 떠나 종교에 귀의하면서 작품 활동을 중단하였다.

최근 그의 근황을 들었다. 지병을 앓고 있지만 새로운 작품을 구상 중이라고 했다. 「환상 수첩」과 「무진 기행」은 교과서처럼 읽었던 작품이다. 작가 김주영도 절필 선언을 한 적이 있다. 문학에 대한 외경 때문이라고 했다. 하지만 다시 작품 활동을 시작하면서 문제작을 많이 발표하였다. 두 작가의 사례는 창작의 어려움을 보여주는 좋은 예가 된다.

학교가 아닌 곳에서 문학을 공부한다는 것은 상상할 수 없었다. 백화점 문화 센터에서 몇 달 동안 단기간에 완성하는 문학강의에 대해서 회의를 느꼈다. 문학이 꽂꽂이나 취미 생활처럼 가볍게 취급당하는 세태가 못마땅해서다. 문학에 대한 지나친 외경 때문일까. 그것은 자체가 삶이어야 하고 존재의 힘이 되어야 한다고 믿고 있었다. 지금도 그 생각은 변함이 없다. 그래서 가볍고 포즈만 그럴듯한 글은 경계하려고 한다. 대신에 문학적 향기가 가득하고 울림이 있는 글을 읽고 싶고 본받고 싶다.

지금 내 글쓰기의 문제점이 무엇인지 어렴풋이 깨닫고 있다. 문장의 단조로움, 빈번한 접속사 사용, 건조한 문체 등이 그것이다. 그래서 수필 쓰기의 기본 요건도 갖추지 않고 글을 쓰는 자신이 낯설게 느껴진다.

원고를 보내고 난 후에는 마음이 편치 못하다. 부끄럽고 민망해서다. 좀 더 시간을 두고 썼으면 좋았을 것을 하고 후회할 때가 많다.

원고지 열다섯 장은 거뜬하게 쓸 수 있을 거라고 자신하며 시작하지만, 분량을 채우지 못하고 허둥거린다. 하지만 노력하면 언젠가 완성도 높은 한 편의 글을 쓸 수 있지 않을까 자신을 위로하고 격려한다. 헤밍웨이도 하루에 습작할 원고 분량을 정해 두고 썼다고 하지 않던가. 자신의 문장에 철저하게 엄격했던 그는 「노인과 바다」를 수백 번이나 고쳤다고 한다. 다소 과장 되었겠지만 끊임없이 다시 쓰는 퇴고의 중요성을 강조함이리라.

한 달 동안 읽는 40여 편의 수필은 글쓰기에 많은 도움이
된다. 특히 묘사가 뛰어나고 문장이 아름다운 글은 좋은 텍스
트가 된다. 메마르고 무뚝뚝한 문체에 촉촉하고 윤기 있는 영
양을 제공하기 위해서 서정적이고 부드러운 글을 많이 읽으
려고 애쓴다.

내가 문학에 처음 눈을 뜨게 된 것은 오빠의 영향이 컸다.
그가 읽고 있던 소설과 문학잡지는 세상을 바라보는 창이 되
었다. 그곳에서 「젊은 느티나무」의 현규도 만나고 베르테르
의 연인 롯데도 만났다. 감수성 예민한 시기에 사랑의 기쁨보
다 사랑의 슬픔을 먼저 배웠다.

어머니의 주검 앞에서 불효막심하게도 글이 쓰고 싶었다.
그리고 카뮈의 소설 『이방인』의 '뫼르소'를 이해했다. 슬픔
의 극한에서는 슬프지 않다는 진실을. 결핍이 글을 쓰는 원
동력이 된다면 존재의 뿌리였던 어머니의 빈자리가 컸기 때
문이 아닐까. 뜨거운 여름 한낮, 내가 만지고 잠들었던 엄마
의 부드러운 젖가슴 위로 조용히 수의가 덮이고 한 세계가
마감되었다. 타는 듯한 8월의 태양 아래 여름은 절정을 향해
가고 있는데 한 존재가 가뭇없이 떠나가고 있었다. 80년 여
름이었다.

삶은 언제 허물어 내릴지 알 수 없는 불안한 무대 장치와

같다. 새벽 2시의 전화처럼…. 글쓰기의 무거움은 이런 불온한 세계 인식에서 비롯된 것은 아닐까.

삶의 속살을 정직하게 바라보는 것, 존재하는 것에 대한 따뜻한 연민, 그리고 덧없는 삶 저 너머 영원한 세계에 대한 그리움, 이 모든 것이 글쓰기의 토양이 될 것이다.

글쓰기는 나의 내밀한 고해성사다.

2012. 5.

통증도 희망이다

　장미가 붉게 피었다. 겨울의 문턱에서 장미를 보는 것은 처음이다. 아파트 담장에 피어있는 꽃을 보는 순간 단풍나무가 아닌가 하고 눈을 의심했다. 장미는 초겨울 추위에도 아랑곳하지 않고 당당하게 자태를 드러냈다. 나무의 모양과 꽃의 빛깔이 모두 재각각인 것은 태양에 대한 그리움의 표현이 다르기 때문이라던 어느 시인의 말이 생각난다. 11월에 장미라니…. 끝까지 갈 길을 다 가지 못한 아쉬움으로 꽃은 겨울이 와도 시들 수 없었나 보다.

　그녀를 만난 것은 학기말 시험이 끝나고 겨울방학을 며칠 앞둔 날이었다. 졸업이 다가오면서 학자금 대출 고지서가 날아올까 걱정되었던 터라 급한 대로 공무원 학원에 일자리를 얻었다. 내가 담당했던 반은 9급 공무원 반과 검정고시 반이었다. 1년에 두 번 응시할 수 있는 검정고시는 고등학교 졸업 학력을 인정받아 대학에 진학할 수 있는 자격시험이었다. 학업의 기회를 놓쳐버린 성인에서부터 학교를 중도에 그만둔 자퇴생에 이르기까지 연령층도 다양하고 실력 차이도 천차만별이었다. 담임을 맡은 반에서 처음 만난 그녀는 결혼한 지 1년도 되지 않은 신혼의 주부였다. 늘 앞자리에 앉아서 수업을 들었고 질문도 많이 하는 등 열성을 보였다. 예의 바르고 성실했던 그녀는 집안이 갑자기 기우는 바람에 오빠들에게 밀려서 고등학교 1학년 때 학교를 그만두었다고 했다. 어릴 때부터 배워 둔 피아노 덕분에 조그만 음악학원을 운영하다가 중매로 결혼했고 남편은 중학교 교사였다.

그런데 수업을 마치면 교무실에 가방을 맡겨두고 가는 게 이상했다. 복습도 하고 과제도 해야 하는데 모든 것을 학원에서만 하는 것이었다. 궁금해서 이유를 물었지만 집에서는 공부할 시간이 없다고 말끝을 흐렸다.

그러던 어느 날이었다. 며칠간 결석했던 그녀가 상담을 요청했다. 약간 수척해진 얼굴을 보면서 공부에 대한 부담 때문이라고 생각했다. 학교의 정규 시간보다 짧은 기간에 완성하는 학원수업은 며칠만 결석해도 학과진도를 따라가기가 어려웠다. 그런데 뜻밖의 고백을 하며 눈물을 글썽거렸다. 남편은 자신이 음대를 중퇴한 것으로 알고 있다고 했다. 학력을

속이고 결혼한 그녀는 남편 몰래 시험을 준비해 오던 중이었다. 며칠 전에는 퇴근 시간이 된 것도 잊어버리고 공부하다가 현관문 열리는 소리에 놀라서 허둥지둥 침대 밑으로 책을 숨기는 헤프닝도 있었다고 했다. 합격이 되면 다 털어놓고 싶었고 진짜 음대에 진학하는 게 소원이라고 울먹였다. 고백할 용기가 없어서 집에서는 공부할 수 없었다며 시험 날짜는 다가오는데 아무래도 포기해야 될 것 같다고 침통하게 말했다. 나는 그녀가 왜 가방을 가져갈 수 없었는지 그제야 이해가 되었다. 그녀는 사실대로 이야기하면 남편이 충격을 받을까 봐 망설여진다고 했다. 아직 목적지까지는 반이나 남았는데 벌써 지쳐가고 있었다. 나는 사실대로 말하고 시험 준비를 하는 수밖에 도리가 없다고 이야기하는 것 외에 달리 할 말이 없었다. 그녀는 내 말을 듣는 둥 마는 둥 하더니 자리에서 일어났다.

며칠 동안 그녀의 자리는 비어 있었다. 무슨 일이 일어났는지 궁금했지만 연락도 하지 못한 채 혼자 전전긍긍했다.

검정고시를 준비하는 수강생들은 처음 학원에 등록할 때는 나름대로 계획을 세우고 시작하지만 시간이 지날수록 과정을 따라가는 게 힘들어 이런저런 이유를 들어 그만두는 경우가 많았다. 그래서 시험 날짜가 다가오면 수강생은 절반으로 줄어들었다. 그리고 절반의 낙오자들은 개강 날짜에 맞추어 다시 등록하고 힘들면 그만두고 하는 악순환이 되풀이되고 있었다. 그러다 보니 중도에 그만두는 경우는 허다했고 그녀도 그중에 한 사람이었다.

일주일쯤 지났을까. 그녀가 환한 미소를 지으며 나타났다. 남편에게 사실대로 고백하고 용서를 빌었다고 했다. 그동안 마음고생 한 대가로 남편의 개인지도까지 받게 되었다고 어린아이처럼 좋아했다. 남편의 전공과목은 수학이었다. 그날 우리 반은 작은 파티를 열고 그녀의 용기에 갈채를 보냈다. 그 후 그녀의 수학 성적은 수직으로 상승했고 가방을 학원에 두고 가는 일은 없게 되었다.

이듬해 4월에 1차 시험이 있었다. 시험을 치던 날, 남편은 아내를 위해서 도시락을 준비해 오고 종일 시험장을 지켜 모든 사람의 부러움을 한몸에 받았다. 그녀는 전과목 합격을 했고 본격적인 입시 준비에 들어갔다.

힘든 일도 많았지만 아픔을 내색하지 않고 가슴에 묻어둔 채 묵묵히 꿈을 향해 달려가던 사람들…. 그들은 나의 스승이었다. 그들을 보며 나도 새로운 꿈 하나쯤 가졌으면 싶었다. 이루지 못하고 추억으로 남더라도 가끔 그때를 회상하며 아픔을 느껴도 살아 있음을 확인하고 싶었다. 꿈은 이루라고 있는 것이지 추억하라고 있는 것은 아니겠지만.

2012. 11.

3
어떤 길에 관한 기억

젊은 날 미래가 가늠되지 않았다. 열망 때문에
늘 가슴이 두근거렸다. 닿을 수 없는 꿈에 부풀어
먼 곳이 잘 보이지 않던 시절이 있었다.
그러나 이제 돋보기가 필요한 나이가 되면서부터
먼 곳이 보이기 시작했다. 실존의 한계를 깨닫기 시작하면서부터
한 걸음 물러서서 삶을 바라보게 되었다.

오르고 싶은 나무

　겨울나무에 눈이 쌓이면서 아름다운 상고대를 만들었다. 눈이 드문 고장에 오랜만에 내린 눈은 한 폭의 은빛 풍경화를 연출했다. 아파트 뒷마당에 눈의 무게를 고스란히 견디고 서 있는 나무 한 그루가 시야에 들어왔다. 여름 한철 꽃을 피우고 새들이 나고 들던 곳이다. 눈이 녹으면 나무는 검고 앙상한 가지를 드러내겠지만, 겨울의 긴 터널을 벗어나면 약속처럼 연둣빛 싹을 틔울 것이다. 겨울 나목에서 환영幻影처럼 새싹의 푸른 희망을 보았다.

　한 학기 동안 쓰고 모은 원고를 수정하고 정리해서 카페에 올렸다. 마치 한달 한달 아껴 가며 모은 돈으로 적립금을 붓고 만기일에 적금을 타는 것처럼 마음이 뿌듯하고 흐뭇하다. 곳간에 곡식을 가득 채운 듯 차곡차곡 쟁여 놓은 글들은 대부분이 미숙아로 태어나 함량에도 못 미치고 수준에도 도달하지 못했지만 하나같이 대견하고 살갑기 그지없다. 그동안 한 걸음 한 걸음 힘겹게 발자국을 뗄 때마다 행여나 포기할까 봐 내심 불안했고, 과제를 하지 않고 미루게 되면 그냥 주저앉고 말 것 같아서 마음이 조마조마했다. 미리 써둔 원고도 없는데 혹시 집안에 바쁜 일이라도 생길까 봐 가슴을 졸였다. 그럴 때마다 각오를 새롭게 다졌다. 원고지 열 장 분량인데 자신과의 약속을 어기지 말자고. 지난 시간을 돌아보면 애틋하고 감회가 새롭다. 제목만 보아도 글을 쓸 때 상황이 어떠했는지 그림처럼 환하게 펼쳐진다. 그것은 이제 내 삶의 타임캡슐에 저장되어 기억 속에 영원히 간직될 것이다. 그동안 망설이고. 조바심내며 한 학기를 지나면서 올려다본 오르지 못할 나무는 시간이 지나면서 오르고 싶은 나무로 바뀌어 있었다.

아들을 군대에 보내고 허전하던 마음도 글쓰기를 하면서 달랠 수 있었고 덜컹거리는 내면의 아우성을 가라앉히고 잠재우는 데도 그것은 많은 위로가 되었다. 또한 내 글은 아이에게 고된 훈련 동안 작은 위안이 되었으리라 믿는다. 가끔 소재가 궁할 때면 민망하고 부끄러운 가족사도 번번이 들추어야 했고 기억의 저편에서 서성이기도 했지만 지나간 시간은 기억 속에서 재구성되고 변형되어 아련하고 감미롭게 다가왔다.

원고 마감 시간이 가까워 오면 시간을 충분히 가지고 쓰지 못한 후회와 자괴감이 함께 밀려왔다. 헝클어진 생각의 실타래를 한 올만 제대로 잡는다면 다음 이야기는 순조롭게 풀릴 것도 같았지만 문장은 들쭉날쭉 고르지 않았고 내용은 주제를 겉돌고 있었다. 그런데 얼기설기 짜맞춘 엉성한 원고를 메일로 전송하고 나면 신기하게도 기분은 날아갈 듯 가볍고 마음은 성취감으로 뿌듯했다. 그리고 새로운 다짐을 하게 했다. '다음번에는 시간을 넉넉히 두고 제대로 한번 써보리라.' 하지만 새롭게 써야 할 이야기의 얼개는 마음처럼 쉽게 잡히지 않고 안개에 싸인 듯 막막하고 아득하기만 했다.

　두 학기를 지나면서 자리도 없는 입석 버스에 간신히 매달려 달려온 형국이다. 목적지까지는 아직 반이나 남아 있지만, 중간에 혹시 내리지나 않을까 하는 불안은 떨쳐버려도 좋을 듯하다. 그리고 이제는 말석이나마 자리에 앉아서 남은 여정을 마무리했으면 한다. 숨을 고르고 차창 밖으로 펼쳐지는 풍경도 감상하면서 종착지까지 여유롭게 완주하고 싶다.

　물이 액체에서 기체로 변화하는 과정에는 무한히 많은 에너지가 필요하다. 물이 끓기 시작하는 비등점에 이르기 위해서는 온도를 높여가며 기다려야 한다. 그러면 어느 지점에 이르러 조금만 열을 높여도 물은 액체에서 기체로 화려한 비상을 하게 되리라. 그 비등점에 닿기 위해서 쓰고 또 쓸 것이다.

그때쯤이면 무딘 감성에도 연둣빛 새싹이 돋아나고 무성한 녹음을 향해서 발돋움이 시작될 것이므로.

  겨울 동안 척박한 땅에 뿌리를 묻고 추위를 견뎌 낸 나무는 찬란한 녹음의 계절을 향하여 푸른 꿈을 준비할 것이다. 그리고 씨앗의 약속을 잊지 않는다면 푸르고 무성한 잎사귀와 향기로운 꽃망울을 툭툭 피워 올리리라. 그즈음 누군가는 잎이 무성한 그늘에 앉아서 이마에 흐르는 땀도 식힐 것이며 고단한 삶에 지친 시간을 위로 받아도 되리라. 그리고 무심히 흘러가는 흰구름에 눈길을 주어도 좋을 것이다.

  그 나무는 겨울을 지나온 나무이며 내가 오르고 싶은 나무이기도 하다.

2013. 2.

원시遠視

언젠가 시력이 약해져서 병원을 찾은 적이 있었다. 진단결과 노안이 진행 중이라고 했다. 예상은 하고 있었지만 난감했다. 시력 하나는 자신 있다고 생각했는데 어쩔 수 없이 육신의 한계를 깨닫는 순간이었다. 하지만 서둘러 맞춘 안경은 사용이 불편하고 늘 쓰고 있기에는 더욱 성가셨다. 나는 이런저런 민간요법을 기웃거리기 시작했다. 눈에 좋다는 블루베리도 먹어보고 안토시안이 함유된 식품을 찾아 먹으려고 애썼다.

얼마쯤 지났을까 예전과 같지는 않지만 시력이 조금 회복되는 듯했다. 안경을 쓰지 않고도 전처럼 신문을 거뜬하게 읽을 수 있고 웬만한 책은 미간을 찌푸리지 않고도 볼 수 있게 되었다. 그러나 예전 문고판 책은 여전히 읽을 수 없다. 약해진 시력 탓에 서점에서 책을 고를 때 글자 크기부터 보는 습관이 생겼지만 아직은 최근에 나온 신간도 안경 없이 읽을 수 있으니 그나마 다행으로 여긴다. 당분간만이라도 안경 없이 생활하고 싶다. 노안이 진행되는 것을 피할 수는 없지만 천천히 진행되었으면 하는 바람이다.

아들은 근시라서 안경을 쓴다. 근시는 가까이 있는 사물은 잘 보이지만 멀리 있는 사물은 흐릿하게 보이는 게 특징이다. 책을 많이 읽은 것도 아닌데 중학교에 들어가면서부터 시력이 나빠지기 시작하다가 스무 살이 되면서 더는 진행되지 않고 근시로 고정되었다.

스무 살이 된 아들은 미래에 대한 꿈으로 설레는 시간에 서 있다. "멀리 있는 것은 아름답다 / 무지개나 별이나 벼랑에 피는 꽃이나 / 멀리 있는 것은 / 손에 닿을 수 없는 까닭에 / 아름답다" 오세영 시인의 「원시」 앞부분이다. 무지개나 별처럼 닿을 수 없는 거리에 있는 꿈을 향한 열정은 젊음이 가진 특권이다. 열정은 욕망보다 희망에 가깝다. 가브리엘 마르셀은 욕망이 소유와 관련되어 있다면 희망은 존재와 연결된 것이라고 했다.그리고 희망의 속성은 이루어지지 않는 특징을 아울러 갖는 것이라고 했다. 보이지 않는 꿈을 향해 달려가는 젊음이 아름답다. 무모한 도전이라도 희망은 우리의 삶을 이끌어가는 힘이 되고 삶을 지탱해나가는 원동력이 된다.

아들과 달리 원시인 나는 가까이 있는 사물보다 멀리 있는 물체가 비교적 또렷하게 보인다. 나이가 들어가면서 나타난 자연스러운 노화현상이다. 가까이 있는 사물이 흐릿하게 보여서 좋은 점도 있다. 거울에 비친 얼굴의 주름살이 보이지 않으니 마음이 편안하다. 얼마 전 백내장 수술을 받으신 시어머니가 수술하고 나서 얼굴이 너무 환하게 보여서 거울 보기가 겁난다고 푸념하였다. 의술의 발달로 지금은 시력도 원하는 대로 교정이 가능한 시대가 되었다. 그러나 감각기관을 통해서 본다는 것은 단순히 시계視界를 체험하는 것이 아니라 대상을 인식하는 행위다. 인식이란 객관적 세계의 표상이기보다 삶 속에서 우리가 임의로 구상한 세계를 지각하는 것을 의미한다. 인식이란 주관적 행위에 가깝다.

　젊은 날 미래가 가늠되지 않았다. 열망 때문에 가슴이 두근거렸다. 닿을 수 없는 꿈에 부풀어 먼 곳이 보이지 않던 시절이 있었다. 그러나 이제 돋보기가 필요한 나이가 되면서부터 먼 곳이 보이기 시작했다. 실존의 한계를 깨닫기 시작하면서 한걸음 물러서서 삶을 바라보는 법도 알게 되었다. 현실과 이상의 거리 두기를 통해서 한계를 인정하는 법도 스스로 익혔다. 판도라 상자의 역설은 성취되지 않는 꿈 때문에 우리가 살아가는 힘을 얻게 되고 그것이 삶의 여정에 오르게 되는 동인인 것을 먼 곳을 통하여 비로소 깨닫게 되었다. '희망은 영혼을 만드는 옷감'이라는 귀중한 교훈도 함께.　　　　2012. 7.

집으로 가는 길

　시지에 이사 온 지 10년이 되어 간다. 아이가 대학에 들어가면 예전에 살던 집으로 돌아가리라 생각했는데 여태껏 살고 있다. 예전에 이곳을 지나면서 시골처럼 한적하고 조용한 분위기에 마음이 끌렸다. 하지만 그때는 집을 옮길 형편이 되지 않았다. 시댁 가까이 살면서 아이를 맡겨야 했고 출퇴근이 편리한 곳에서 지내야 했기 때문이다. 그리고 작은 평수지만 이사 다닐 걱정 없는 우리 집이기도 했다. 친구들이 몇 번씩 집을 옮겨 다니면서 아파트 평수를 넓혀 갈 동안 낡고 오래된 집에서 15년을 살았다. 그러다 아이가 중학교에 들어갈 무렵 새로운 거처를 찾아 나섰다. 학군이 좋고 주변 환경이 깨끗한 동네를 찾아다니다 발을 멈춘 데가 이곳이었다.

　이삿짐을 옮기고 난 빈집은 영혼이 빠져나간 껍질처럼 공허했다. 군데군데 멍든 자국처럼 얼룩진 벽을 보며 집이 낯설게 느껴졌다. 언젠가 아이가 잃어버리고 애태우던 구슬 몇 개와 딱지 조각들이 장롱이 놓였던 자리에 아무렇게나 뒹굴고 있었다. 이곳에서 우리는 세상의 비바람을 피해 노아의 가족처럼 집을 방주 삼고 살았던 것일까. 예전 집을 떠나면서 잠시 감상에 젖었다.

새 아파트로 옮겨와서 가장 먼저 한 일은 전망 좋고 넓은 방을 '내방'이라고 선언한 일이었다. 예전 집은 아들이 커가면서 내가 쓰던 방은 아이 차지가 되었고 책들은 모두 식탁 한 모퉁이로 밀려났었다.

나는 책장을 맞추고 책 정리를 하면서 방을 가진 것에 감사했다. 창을 열면 계절마다 산빛이 변하는 것을 볼 수 있고 새소리를 들을 수 있는 행운도 덤으로 얻었다. 호젓한 산책길을 거니는 것도 즐거움 중의 하나다. 이곳에서 욕망을 줄이고 자족하며 살리라 다짐해 본다.

경주는 유년 시절 기억의 원형이 살아있는 고장이다. 어릴 적 살던 집은 한옥이었다. 감나무가 세 그루 서 있고 마당이 넓었던 집. 아침에 눈을 뜨면 감꽃이 갓 튀긴 팝콘처럼 지천으로 떨어져 쌓였다. 얼굴이 비치도록 윤이 나던 대청마루와 사르비아 꽃이 붉게 피어있던 뒤뜰과 엄마가 아끼던 장독대, 그 주위로는 자잘한 채송화 꽃이 말간 얼굴을 내밀고 있었다.

어둑하고 비밀스럽던 뒤란 닭장에서 달걀을 꺼내는 일은 나의 일과였다. 그것은 대부분 오빠의 도시락 반찬이 되곤 했지만, 가끔 내 간식이 되기도 했다. 좋은 집은 아니었지만 깨끗하고 아늑한 집으로 기억에 남았다. 어린 날 추억을 간직한 그 집은 행복했던 유년의 기억이 차곡차곡 쌓여있다.

언젠가 여행길에 오빠와 함께 경주에 들른 적이 있었다. 우리는 예전 집을 찾아보기로 했다. 30년 세월이 흘렀지만 개발을 제한하는 지역 특성 때문인지 그다지 낯설지 않았다. 흐릿한 기억을 더듬어 찾은 집은 2층 양옥으로 개조되었고 집 앞에 있던 낯익은 봉황대가 집을 지키고 있었다. 옛집 앞에서 우리는 잠시 회상에 잠겼다. 내가 초등학교 5학년이 되던 해 우리 가족은 정든 집을 떠나 대구 근교로 이사하게 되었다. 낯선 고장으로 전학을 다니면서 점점 내성적인 성격이 되어갔다.

대학 시절에도 집을 자주 옮겨 다녔다. 자취방을 전전하면서 집시처럼 떠돌았다. 집이 바뀔 때마다 존재도 함께 흔들렸다. 나는 '난로에 불을 피우고 그네에 작은 못을 박는 아버지'가 기다리는 집이 그리웠다. 모과 빛 등불이 따뜻하게 맞아주는 집이 절실해서 입주 가정교사를 자처하기도 했다.

집은 단순히 물리적인 공간만 의미하지 않는다. 그곳에는 본향에 대한 향수 같은 것이 서려있다. 인간이 본성을 회복하고 근원으로 돌아가는 곳. 김현승 시인의 「아버지의 마음」에서처럼 "폭탄을 만드는 사람도 / 감옥을 지키는 사람도 / 집에 돌아오면 아버지가 되는" 곳, 나에게 집은 그런 곳이어야 했다. 결혼하고 나서 비로소 지상에서 온전한 집 한 채를 가졌다.

　시간이 흐르고 언젠가 삶이 저물면 다시 돌아갈 본향에는 또 다른 영혼의 처소가 마련될 것이다. 그곳은 영원으로 가는 길에 닿아있다.

2012. 6.

만추晚秋

　영화 〈만추〉를 보았다. 60년대 후반에 처음 개봉된 영화를 리메이크한 것으로 중국 여배우 '탕웨이'가 주연을 맡아 열연한 멜로 영화다. 남편을 살해한 혐의로 감옥에서 복역 중인 '애나'는 7년 만에 모범수가 되어 어머니 장례식에 참석하기 위해 사흘간의 휴가를 나온다. 시애틀로 향하는 버스 안에서 우연히 남자 주인공 '훈'을 만나게 되고 두 사람은 운명적인 사랑에 빠진다. 멜로 영화가 흔히 그렇듯 그들의 사랑은 짧아서 애틋하고 파국으로 치달아서 애절하다. 그리고 비극적인 결말이 예정되어 있다. 늦게 찾아온 사랑이어서 그런가, 안개가 자욱한 영상 속의 풍경처럼 그들의 사랑은 짙고 고독하다. 그리고 불확실한 주인공의 미래만큼 불안정하다.

　어린 시절, 영화를 좋아하던 엄마를 따라서 영화관에 자주 갔었다. 엄마가 좋아하던 여배우 문정숙이 주인공으로 나왔던 〈만추〉는 곁에서 꾸벅꾸벅 졸면서 보았던 영화다. 자다가 일어나 화면을 보니 마지막 장면이 나오고 있었다. 노란 은행잎이 수북하게 쌓여 있던 공원의 벤치에서 여주인공이 석상처럼 앉아 있었다. 남자 주인공이 선물로 사준 스카프를 머리에 드리운 채 오지 않는 연인을 기다리던 그녀의 쓸쓸한 눈빛을 보며 공연히 나도 슬퍼졌다. 엄마도 주인공처럼 슬픔에 젖어서 한참 동안 자리에서 일어날 줄 몰랐다.

40여 년의 시간이 흘러서 리메이크한 영화지만 줄거리와 구성은 예전과 별반 달라진 게 없어 보인다. 우리 삶의 영원한 과제인 사랑의 속성이 그러하듯 남녀가 우연히 만나서 사랑하고 헤어지는 과정이 예전과 별반 다르지 않다. 주인공들이 사회에서 소외된 주변인인 것도 옛날과 같은 설정이다. 여주인공은 살인범이고 남자 주인공도 밑바닥 인생을 살아가는 인물이다.

멜로영화는 50년대 아메리칸 드림의 환상이 깨어지고 중산층이 위기를 맞게 되는 시기에 미국에서 형성된 영화의 한 장르다. 우리나라는 6, 70년대 대중문화가 발전하던 시기와 맞물리면서 여성관객을 주요 고객으로 겨냥해 만들어졌다. 그래서일까 여주인공이 많이 등장하고 사랑 이야기가 주류를 이룬다. 멜로영화는 순수한 개인이 가부장적 권위와 억압적이고 불평등한 사회 환경으로 인해 희생되는 이야기를 주로 다룬다는 특징이 있다.

원작에서 주인공들이 만나는 장소가 기차 안이라는 설정은 상당히 은유적이다. 출발 지점과 종착지가 이미 예정된 인생이란 선로 위에서 우연히 만나 사랑하고 헤어지고 죽어가는 과정이 우리 삶의 여정과 비슷하기 때문이다. 그리고 영화 속의 주인공들이 죄수들인 것처럼 우리도 시간이란 감옥에 갇혀 살아가는 수인囚人인지도 모를 일이다. 짙은 안개에 싸인 영화의 한 장면처럼 한 치 앞도 보지 못하고 살아가는 우리의 생도 주인공들의 삶과 많이 닮아 있는 듯하다. 찰리 채플린이 '인생은 멀리서 보면 희극이고 가까이서 보면 모두 비극'이라고 한 것처럼 삶이란 우연과 필연의 연속선에서 누군가를 만나서 사랑하고 헤어져서 괴로워하다가 종착역에 도착하는 것인지도 모르기 때문이다.

영화 〈만추〉는 현실에서 고립되어 살아가던 두 남녀가 우연히 만나 사랑에 빠지게 되면서 이전보다 더 짙은 외로움을 경험하는 실존적 고독에 관한 이야기다. 이성 간의 사랑인 에로스의 본질은 근원적으로 환상을 수반하는 행위이므로 사랑을 시작하는 순간부터 자신을 소외시키게 된다. 에리히 프롬은 남녀 간의 완전한 합일은 우리가 바라는 이상일 뿐 이룰 수 없는 꿈이라고 『사랑의 기술』에서 이야기한다. 영화

〈만추〉는 현실에서 소외된 주인공들이 비극적인 사랑을 경험하며 기록한 인간의 실존적 고독에 관한 쓸쓸한 보고서인지도 모른다.

하늘이 푸르게 높아가는 이즈음, 영화 〈만추〉가 다시 보고 싶다. 짙은 안개에 젖어 몽환적이던 시애틀의 잿빛 하늘과 적막하던 영상을.

2013. 9.

끝없는 길 위에

마음이 가볍다. 미루어 둔 볼일도 보고 친구와 약속도 정했다. 그런데 과제가 있는 주는 어쩔 수 없이 마음이 무겁다. 무엇을 쓸까 어떻게 쓸까 생각하느라 마음이 분주해지고 슬며시 걱정이 앞선다.

비 내리는 오후, 무료하고 적적한 저녁 무렵이면 떠오르는 산문 중에 이런 구절이 있다. "집에서 기르던 친숙한 가축이 문득 어두운 숲에서 내려오는 야생의 짐승처럼 낯설어 보이는 시간, 프랑스 사람들은 이런 시간을 개와 늑대의 시간이라고 부른다."라는 문장이다. 어느 작가는 익숙하던 세계가 낯설게 느껴지는 것은 삶에 대한 각성이 찾아오는 시간이라고 했다. 그럴 때 서가에서 꺼내 든 한 권의 책과 밑줄이 그어진 낯익은 문장 중에서 수필이 있었던 적은 없었다.

예전에 문학을 갈망하던 시절에 외국 문학을 전공하던 친구가 부러웠다. 번역이라도 할 수 있다면 창작에 대한 갈증을 해소할 수 있을 것 같았다. 그때 문학은 시와 소설만 전부인 줄 알았다. 시인과 소설가들이 쓴 아름다운 산문을 읽으며 수필은 작가들이 여기로 쓰는 글이라고 생각했다.

최근에 수필의 교과서 같은 작품을 읽었다. 읽기 쉽고 섣불리 교훈을 강요하지 않으면서 잔잔한 감동이 묻어나는 글이었다. 좋은 글이란 작품의 행간에 남아있는 여백을 따라 사색이 시작되는 글이 아닐까. 길이 끝나고 비로소 여행이 시작되는 곳. 몇 번이고 되풀이하여 읽고 싶고 입가에 미소가 피어오르며 잔잔한 감동이 묻어나는 작품. 장 그르니에의 산문 같은 그런 글을 읽고 싶고 본받고 싶다.

창작의 능력만 제대로 갖춘다면 글쓰기는 혼자서도 충일한 시간을 가질 수 있고, 평생을 현역으로 살 수 있는 매력적인 장르다. 그러나 언어라는 불완전한 도구를 통하여 인간의 복잡한 내면세계를 형상화하는 일이 내게는 그다지 쉽지 않다.

좋은 글을 쓸 수 있는 비결은 무엇일까. 언젠가 한국 문단의 내로라하는 작가들이 창작과 관련하여 쓴 책을 읽은 적이 있었다. 가장 고전적인 방법이 최상의 방법이었다. 풍부하고 정밀한 독서와 깊이 있는 사유체계 그리고 오랜 습작기를 거치는 일이었다. 결국 언어와의 치열한 싸움이 글쓰기의 기본 요건인 셈이었다. 나만의 독자적인 진실을 언어와 절묘하게 결합하는 일이 무엇보다 중요했다.

하지만 발효되지 않은 생각을 언어로 옮기면 공허한 넋두리로 전락하고 영감이 떠오르기를 기다리다가는 영원히 한 줄도 못 쓰게 된다. 나는 후자에 속하지 않았을까. 가만히 앉아서 뮤즈 신이 찾아와 주기만 간절히 원했던 것은 아닐까. 하지만 한줄기 실낱 같은 희망을 안고 쓰기에 몰두하다 보면 언젠가 뮤즈 신과 황홀한 만남이 이루어져 아름다운 '글목'의 모퉁이를 돌 수 있지 않을까. 그 순간을 기대하며 JB프리스틀리의 조언에서 위안을 얻는다.

"꼭 써야 한다면 무조건 써라. 재미없고 골치 아프고 아무도 알아주지 않아도 그래도 써라. 전혀 희망은 보이지 않고 남들은 온다던 그 영감이라는 것이 오지 않아도 그래도 써라. 기분이 좋든 나쁘든 책상에 가서 그 얼음같이 냉혹한 백지의 도전을 받아들여라."

왜 쓰는가는 왜 사는가와 같은 맥락이 아닐까. 삶이 길 없는 길을 가는 도정이듯이 글쓰기도 끝없는 길을 찾아 떠나는 순례자의 여정인지도 모르니까 말이다.

2012. 6.

어떤 길에 관한 기억

일상에서 어떤 선택을 하거나 결정을 내려야 할 때 쉽게 결단을 내리지 못하고 망설이는 경우가 많다. 그것은 우리가 내리는 어떤 결정도 완전할 수 없기 때문일 것이다. 그래서일까 선택은 언제나 미련과 아쉬움으로 남는 것 같다.

2000년 봄, 구체적인 계획도 세우지 않고 대학원에 원서를 냈다. 학교를 졸업한 지 20년 만이었다. 중년의 나이에서 오는 위기감 때문이었는지 능력있는 후배 동료에게 밀려날지 모른다는 불안감 때문이었는지 알 수 없었지만, 무턱대고 결정을 내렸다.

그해는 학위과정에 재학 중인 강사들이 학원에 많이 출강하던 때였다. 수강생들은 강사의 실력 못지않게 화려한 스펙을 갖춘 선생을 선호하므로 학원장들은 학생을 많이 모집할 수 있는 조건의 강사를 채용할 수밖에 없었다. 특히 사회탐구나 과학탐구는 과목의 특성상 전임보다 시간강사를 선호하는 경향이 있었다. 대전의 어느 연구소와 포항의 유명 대학에서 학위과정에 재학 중인 젊은 두뇌들이 IMF의 영향으로 연구소를 떠나 학생들의 인기를 한몸에 받으면서 학원으로 몰려오던 때였다.

나는 무엇을 절실하게 원하는지 확신도 서지 않은 채 떠밀리듯이 원서를 내고 시험을 치르기 위해 학교로 향했다. 긴 겨울잠에서 깨어나지 않은 교정은 고요하게 침묵하고 있었다.

면접을 보기 위해 강의실을 들어서면서 계획하지 않은 무모한 선택에 대해 후회하기 시작했다. 지금이라도 돌아가는게 현명하지 않을까. 무엇보다 초등학교에 입학하는 아들이 가장 마음에 걸렸다. 처음 시작하는 학교생활에 잘 적응할지 모르겠고 챙겨야 할 과제물도 많을 텐데 아이에게 소홀해지는 것은 아닐까 하는 불안으로 마음이 무거웠다.

하지만 새롭게 시작한 공부는 재미있고 흥미가 붙기 시작했다. 아파트 열쇠를 목걸이로 만들어 아들 목에 걸어주고 학교에 가는 날은 나쁜 엄마라는 자책에 시달리기도 했다. 독수리타법으로 과제물을 하는 게 안쓰러워 보였던지 남편은 타이핑을 도와주는 지원군으로 나섰다. 평범한 소시민으로 살았지만 내 삶에 만족했다. 아이는 학교생활에 잘 적응했고 그런대로 평화로운 나날이었다. 시작이 반이라더니 어느덧 한 학기가 지나고 있었으며 차츰 직장과 학교생활의 균형도 잡혀 갔다.

하지만 IMF의 후폭풍으로 남편은 휴직하게 되고 학원은 구조조정에 들어갔다. 나는 실질적인 집안의 가장이 되면서 직장과 학교생활의 균형을 차츰 잃어갔다.

어느 날 도저한 문학이론의 홍수 속에서 길을 잃고 허우적거리는 자신을 발견했다. 그동안 학회에 서너 번 참가하고 잘 쓴 논문 몇 편 읽고 번역된 이론서 몇 권 본 것이 학교생활 전부였다. 창작에는 재능이 없음을 알고 있었기에 이론이라도 공부하고 싶다는 생각에 무모한 선택을 했지만 그 일에 대해서 후회는 않기로 했다. 짧은 기간이었지만 아직 가슴 설레게 하는 열망을 품은 것을 알게 된 것만으로도 그 시간은 충분히 가치를 지녔으니까. 그리고 가지 않은 길에 대한 애틋한 그리움이 살아가는 원동력이 될 수도 있을 것이었다.

지금 책상에는 두 권의 책이 놓여있다. 한 권은 명문장으로 구성된 단아한 작품집이고, 또 한 권은 평범한 작품집이다. 글쓰기에 절망할 때 평범한 작품을 읽으며 용기를 얻는다. 그리고 자신에게 묻는다. 좋은 독자로 남는 것이 바람직하지 않은가. 재능도 없으면서 굳이 글쓰기의 주체가 되어야 하는가. 하지만 나탈리 골드버그의 경쾌한 문장에서 위안을 얻는다.

"나는 세상에서 가장 볼품없는 쓰레기 같은 글을 쓸 수 있다고 생각하라." 그래서 좀 더 뻔뻔해지기로 마음먹는다. 하지만 가장 중요한 이유는 여기에 있다. 문학은 아직도 가슴을 설레게 하는 신비한 에너지가 있다는 사실이다. 젊은 날 문학이 구원이었던 시절이 있었다. 그러나 지금은 위안으로 자리 매김했다.

태어나서 처음으로 모천을 떠나 먼 곳으로 헤엄쳐 나아간 연어는 초록의 강 남대천으로 다시 거슬러 돌아와 알을 산란하고 생을 마감한다. 그리고 강물이 흐르는 한 연어의 고독한 여정은 영원히 지속될 것이다. 초록의 강에 겨울이 오기까지는.

2012. 3.

봄이 오는 길목에서

    예전에는 영랑의 시를 보고 무심히 지나쳤는데 요즈음 그의 시가 새롭게 와 닿는다. 그중에 「모란이 피기까지는」은 마음을 울리는 시 중 하나다. 인생에서 아름답고 값진 순간을 모란으로 형상화한 시편을 가만히 음미하고 있으면 가슴 한가운데가 먹먹해지는 것을 느낀다. 나이가 들어가는 증거인가.

    언젠가 '시론' 시간에 K 선생님께서 말씀하셨다. 나이가 드니까 영랑의 시가 그렇게 좋을 수 없노라고. 그때 선생님의 나이가 지금 나와 비슷했던 것 같다.

    3월의 첫날이다. 지독한 감기와 씨름하느라 봄이 온 것도 잊고 있었는데 아들이 수강신청하느라 분주한 것을 보고 새 학기가 시작된 것을 느낀다. 새달이 시작되는 첫날 창밖에는 봄을 재촉하는 비가 촉촉이 내린다.

우리집 부근에는 초등학교와 중고등학교가 가까이 있어서 새 학기가 시작된 것을 누구보다 먼저 피부로 느낀다. 학교에 갓 입학한 아이의 손을 잡고 교문을 나서는 학부모의 얼굴은 아이보다 더 설레고 들뜬 표정으로 상기되어 있다. 가보지 않은 미래에 대한 기대와 설렘으로 말이다. 또 한 곳에는 새 교과서를 가득 안고 교문을 나서는 고등학교 새내기들의 모습도 보인다. 이제 입시경쟁에 한 발 내디딘 아이들이 안쓰럽고 측은하다. 하지만 학교 폭력에 시달리고 입시라는 괴물이 그들을 괴롭히더라도 순정하고 희망찬 저들의 미소까지는 어쩔 수 없으리라. 나는 아침 산책도 잊은 채 학교 앞에서 그들이 피워내는 싱싱한 봄기운을 온몸으로 맞이한다.

인생에서 값지고 보람된 순간은 지극히 짧은 순간 머물다 가는 것은 아닐까. 특별히 감격스러운 순간이 극적인 이유는 그 시간이 일상의 시간과 다르게 느껴지기 때문이리라. 나에게 다가왔던 어떤 순간이 그랬다. 고통 속에서 아들을 분만하고 병원에서 맞이한 그날도 눈부신 봄날이었다. 수술실을 들어가며 느꼈던 두려움과 설레던 시간을 뒤로하고 마취에서 깨어나 바라보았던 봄 햇살은 감동으로 다가왔었다. 살아있음이 축복이라는 평범한 진리를 온몸으로 느꼈던 순간이었다. 그해 봄 나는 축복처럼 한 생명을 봄 여신에게서 선물 받아 품에 안고 있었다.

이제 아름다운 봄날을 맞이한 아들을 눈부시게 바라본다. 누구에게나 공평하게 주어진 것이 시간이란 선물이지만, 짧은 기간 개화의 아름다움을 남기고 한순간에 시들어 버리는 모란처럼 우리 인생의 정원에 찾아온 봄도 순간에 머물다 가는 것은 아닐까.

내 삶에는 이제 몇 번의 봄이 남아있을지 알 수 없지만, 나는 아직 나의 봄을 기대하고 맞이하면서 살아갈 것이다.

2012. 3.

20년 후

빛바랜 사진첩을 꺼내 보듯이 아련하던 시간을 떠올려 볼 때가 있다. 그 시절 꿈처럼 사는 사람은 드물지만 후줄근한 일상을 살다 보면 첫사랑의 추억처럼 꿈은 느닷없이 무의식의 심연을 뚫고 의식의 수면 위로 솟아오른다.

동창 중에 목사가 된 친구가 있다. 안정된 직장을 그만두고 뒤늦게 신학을 공부해서 인생 이모작을 시작한 친구다. 처음 그의 근황을 들었을 때 놀랐지만 신선했다. 두렵고 용기가 없어서 누군가 포기했던 길을 묵묵히 가는 친구가 부러웠기 때문이다.

그는 복학생이었다. 과대표를 맡아 학과 일을 성실하고 열정적으로 했다. 그때 우리는 순위고사(현재 임용 고시)를 준비하고 있었다. 스터디 그룹을 만들고 시험 자료를 모으는 것은 순전히 그의 몫이었다. 지도 교수가 성실성을 눈여겨보고 대학원 진학을 권유했지만 취업을 우선순위에 두었다. 가난한 집안의 장남이었기 때문이다.

우리는 앞날에 대한 불안감을 떨쳐 버리려고 열심히 시험 공부에 매달렸다. 그 결과 몇몇은 대구 지역에 합격이 되었고 그는 경북 지역에 수석으로 합격했다. 첫 부임지는 영양에 있는 어느 중학교였다. 모범 학생답게 그는 모범 교사가 되었다.

가끔 그의 소식이 궁금했다. 결혼하고 다른 지역으로 전근을 갔다는 소문만 어렴풋이 들렸다. 그리고 바쁜 일상을 사느라 잊고 지냈다. 그러던 어느 날, 그가 학교를 그만두고 신학 공부를 시작했다는 소식을 들었다. 내가 알기로 그는 크리스천이 아니었다. 그동안 어떤 변화가 일어났는지 궁금했지만 알 길이 없었다.

그는 경기도 어느 지역에서 목회하고 있었다. 졸업 후 20년 만에 만난 그는 예전의 풋풋하던 모습과 달리 흰머리가 잘 어울리는 중년의 목회자로 변모해 있었다. 시골의 작은 교회라 넉넉지는 않지만 자신의 목회 생활에 만족한 듯했다. 헌신적으로 내조하는 아내와 잘 자라준 아이들도 한몫했으리라. 그는 퇴임 후 인생 설계도 계획하고 있었다. 가난하고 소외된 지역에서 선교하는 것이라고 했다. 낮은 곳에서 묵묵히 자신의 길을 가는 그의 뒷모습이 아득했다.

S대 의예과 91학번 졸업생들이 메일을 한 통씩 받았다. 20년 전 신입생 때 과제로 제출했던 "나의 20년 후"란 원고지 스캔 본이었다. 보낸 사람은 당시 교양 국어를 담당했던 K교수였다. 그때 꿈 많던 스무 살 청춘들은 이제 우리 사회의 주역이 되어 살고 있었다. 그러나 꿈을 이룬 사람은 아무도 없었다. 메일을 받은 한 졸업생은 "지루한 일상을 살다가 첫사랑을 우연히 길에서 만난 느낌"이라고 고백했다. 소아과 의사가 되어 어린이들을 위해 살겠노라 다짐했던 또 다른 졸업생은 시대 흐름에 떠밀려 성형외과 전문의가 되어 있었다. 어느 일간지에 실린 기사 내용이다.

모두가 살기 위해 살고 있었다. 하지만 스승이 보낸 한 통의 메일이 잊고 지냈던 스무 살의 꿈을 깨웠다. 따뜻한 차 한 모금과 마들렌 조각에서 시간을 되찾은 마르셀처럼. 꿈을 선물 받은 중년의 제자들은 새로운 계획을 세우고 인생 이모작을 다시 시작하리라 다짐했다. 그때 독립 영화감독을 꿈꾸었던 어느 졸업생은 메일을 받고 영화 관련 일을 다시 시작하겠다고 했다. 20년 전 아련했던 기억들이 잃어버린 자신과 삶의 의미를 되찾아 준 것이다.

회상이란 단지 잊었던 기억을 떠올려 주는 데 멈추지 않는다. 우리의 삶은 회상으로 언젠가 그 진실한 모습이 드러나기를 기다리고 있는 미완성의 어떤 것이다. 그리고 현재는 미래의 어느 시점에 완성될 진실을 만들어 가는 과정이기도 하다.

다시 표제를 읽어 본다. "20년 전 나의 꿈이 찾아왔다···. '어떻게 사세요?' 첫사랑처럼 물었다."

2012. 4.

군화 바라기

　'1030번 글을 마지막으로 편지 출력을 종료하겠습니다. 정훈장교'

　아침에 카페에 들어가서 편지를 쓰고 있는데 붉은 글씨로 안내 글이 올라왔다. 시계를 보니 정각 10시다. 규정대로라면 카페 이용은 오늘로 마지막인 셈이다. 이 카페는 훈련소에서 신병들이 자대로 이동하기 전까지 한 달 동안 자유롭게 편지를 쓸 수 있고 정보도 교환할 수 있도록 마련된 사이버 공간이다. 힘든 훈련 기간에 신병들을 격려하고 가족들에게 궁금한 사항을 전해주기 위해서 특별히 마련한 제도 같았다. 그동안 하루가 멀다고 이곳에 들러서 편지도 쓰고 훈련 내용도 점검하면서 울적한 마음을 달랬다. 어떤 날은 가끔 올라오는 훈련병들의 사진에서 아들의 얼굴을 찾느라 눈이 아프도록 컴퓨터 모니터를 들여다본 적도 있었고, 아이의 군번이 새겨진 모자만 얼핏 보여도 반가움에 눈물을 글썽이기도 했다. 그동안 정도 많이 들었는데 오늘로써 종료된다.

평소 디지털 문화를 삭막하다고 느끼고 있었지만 카페는 신병 가족의 정겹고 훈훈한 이야기들로 넘쳐났다. 어떤 날은 아들을 훈련소로 보내고 애태우는 엄마의 애틋한 모정에 가슴이 뭉클해진 순간도 있었고 여자 친구의 깜찍한 사랑 고백에 슬며시 웃음이 나오기도 했다. 특히 아버지가 아들에게 하는 당부의 말은 한결같았다. "선임에게 순종해라. 동료와 사이좋게 지내라. 건강 조심해라." 등 격려의 말과 함께 예전과 많이 달라진 병영문화에 감탄을 금치 못했다. 아침에는 무슨 반찬으로 밥을 먹었는지 후식은 무얼 주는지 집에서 알 수 있다는 사실에 감탄하기는 마찬가지다. 이렇게 달라진 병영문화에 대해서 예전에는 상상도 못 할 일이라고 모두 입을 모은다.

한 달 동안 일과처럼 카페에 들러서 편지도 쓰고 궁금한 정보도 주고받으며 위안이 되었던 곳이다. 동병상련의 심정이랄까 엄마들만의 신비한 친화력 같은 것이랄까 서로가 끈끈한 정으로 맺어져서 함께 위로하고 정을 나누었던 공간이다. 가끔 카페에 올라온 훈련병 사진을 보고 제 눈에 안경이라고 자기 아들이 세상에서 제일 잘 생기고 멋있다고 자랑을 늘어

놓아 한바탕 웃음꽃을 피우기도 했다. 사진 한 장에 울고 웃던 시간이었는데 이제 새로 들어오는 후임병 가족에게 공간을 내어 주어야 하리라.

아들이 자대로 배치되고 새로운 카페에 가입했다. 이곳에서 본격적인 아들의 군 생활이 시작되는 곳이라 카페 여기저기를 둘러보지만. 보완 때문인지 정보도 차단되어 있고 편지도 쓸 수 없어 실망하고 나왔다.

정든 집을 찾아가는 마음으로 화랑카페에 다시 들렀다. 사진과 편지가 모두 지워져 정적이 감돌던 공간은 며칠 사이에 새로 들어온 신병 가족들의 이야기로 따뜻하게 채워지고 있었다. 처음 훈련소로 아들을 보내 놓고 걱정도 많고 궁금한 것도 많은 엄마들에게 댓글도 달아주고 정보도 제공해 주었다. 어느새 느긋하게 여유도 부려 가면서.

카페에 올라온 신병들의 사진은 하나같이 표정이 굳어있고 안쓰러운 모습이었다. 그들은 지금쯤 집에 대한 그리움으로 밤잠을 설치기도 하고 가족들이 보고 싶어 힘든 시간을 보내고 있을 것이었다. 그리고 누군가는 사진을 보고 나처럼 울먹였을지도 모르겠고 무사하게 잘 지낸다는 아들의 편지를 손꼽아 기다리기도 할 것이다.

아들이 훈련받는 동안 해 줄 수 있는 것은 아무것도 없었다. 조금이라도 힘이 될 수 있는 일은 무엇이라도 해주고 싶어 편지를 쓰기 시작했다. 그런데 사실은 아이의 빈자리가 허전해서 자신을 위로했던 것은 아니었는지 모르겠다. 가끔 뉴스를 보다가 자료 화면에 군복 입은 장병의 모습만 보여도 시선을 빼앗기는 여린 군인 엄마지만, '군화 바라기' 카페에 들어가서 나보다 한 수 위인 엄마들의 생생한 정보에 귀 기울이는 여유도 갖기 시작했다.

어느 시인은 집집이 하나님이 갈 수 없어서 지상에는 어머니가 존재한다고 노래했다. 이처럼 세상의 모든 어머니는 사랑의 근원이고 아들의 대지인지도 모를 일이다.

2012. 10.

아무르

영화 〈아무르〉는 우리가 살아가면서 숙명적으로 맞닥뜨리는 사랑과 죽음이란 과제를 환상을 지우고 담담하게 그려낸 프랑스 영화다.

행복하고 평온한 노후를 보내던 음악가 출신 부부 '조르주'와 '안느'는 어느 날 아내인 '안느'가 기억이 지워지고 몸이 마비되는 증상이 나타나면서 평화롭던 그들의 일상은 하루아침에 낭떠러지로 떨어진다. 남편 조르쥬는 반신불수가 된 안느를 헌신적으로 돌보지만 몸과 마음이 허물어져 가는 아내를 바라보며 서서히 지쳐가기 시작한다. 오랜 세월 함께 살아온 그들은 눈빛만 보아도 상대가 원하는 걸 알 수 있고 서로 한 몸처럼 아끼며 살아온 부부다.

영화는 우리의 환상이 끼어들 틈을 주지 않고 단조로운 그들의 일상을 다큐멘터리처럼 담담하게 훑고 지나간다. 평화롭던 부부의 일상에 죽음의 징후가 스며들면서 그들의 삶은 여기저기 균열이 생기기 시작한다. 앞날을 예측할 수 없는 안느의 삶은 무의미하고 건조하다. 그리고 그녀를 기다리는 것은 병마의 고통과 시시각각 다가오는 죽음의 기미뿐이다. 안느는 간호하는 남편의 수고를 덜어 주려고 일부러 음식을 먹지 않고 거절해 보지만 그의 헌신적인 사랑 앞에서 번번이 무너지고 만다. 안느는 지난날을 회상하면서 힘없이 중얼거린다. "인생이 너무 길다."라고. 환한 대낮 같았던 시절은 사라지고 그녀가 펼쳐 본 사진첩에는 젊은 날 아름답던 시절의 추억만 시간의 섬처럼 정지되어 있다. 지금 그녀는 이렇게 고통 속에서 살아가고 있는데….

안느는 기억력도 점차 흐릿해져 간다. 조르주는 아내의 기억력을 되살리기 위해 사진도 보여주고 책도 읽어 주지만 아무런 반응이 없다. 그녀는 기억이 사라지면서 남편과 함께했던 아름답던 추억도 사라진 것일까. 인간이 스스로 존재를 발견하는 것은 기억이라고 하는데 말이다. 과거는 기억으로 존재하고 미래는 기대로써 오늘날의 삶에 참여한다는데 안느는 기억이 사라지면서 자신의 존재도 잃어버린 것 같았다.

죽음을 앞에 두고 고통을 겪는 사랑하는 이를 위해서 우리가 할 수 있는 일은 무엇일까. 조르주는 안느의 고통을 덜어 주려고 여러 가지 방법을 찾기 시작한다. 그는 아내가 죽음을 수동적으로 맞이하는 것보다 스스로 선택하기를 원한다. 죽음도 삶의 일부이므로 최소한 인간의 존엄성을 지키고 고통을 덜기 위해서 안락사라는 극단적인 방법을 선택하기로 마음먹는다.

아무르는 프랑스어로 '사랑'이라는 뜻 외에 '이기심' 또는 '고통스러운 사랑'이라는 뜻으로도 번역할 수 있다. 아내를 자신의 손으로 떠나보낸 조르쥬는 그녀의 죽음마저도 소유하고 싶었던 이기적 사랑의 소유자였을까. 아니면 스스로 인간적인 한계에 부딪혀서 선택한 결과일까. 어쩌면 이 영화는 영원히 지속될 수 없는 불완전한 사랑의 실체에 관해 이야기하면서 우리 삶 속에 현존하는 죽음에 대해 더 무게를 둔 영화라는 생각이 들었다. 하이데거는 우리의 삶 속에 죽음이 이미 공존한다고 했다. 처음부터 죽음은 삶 속에 함께 있었는데 우리가 갑자기 맞닥뜨리게 되면서 당혹스러워하는 것뿐이라고.

영화의 도입부에서도 첫 장면은 죽음의 은유로 시작된다. 소방차가 갑자기 들이닥치면서 '쾅'하고 거칠게 문을 부수는 소리. 영화 후반부에서 돌연 베개로 아내를 질식시키는 충격적인 장면. 그런 뜻밖의 당혹스런 광경에 흠칫하고 놀라는 순간, 가슴이 서늘해지는 느낌…. 이것이 바로 죽음을 간접적으로 체험하는 순간이 아닐까. 우리가 죽음이 두려운 이유는 실제로 죽는다는 사실보다 죽음에 대한 지식과 이미지를 통하여 만들어진 공포가 더 크게 작용하는 것일지도 모르니까 말이다.

오랜만에 가슴이 따뜻해지는 영화를 한 편 보고 싶었다. 욕조 가득히 따뜻하게 차오른 물에 몸을 담근 듯 나른한 행복감에 젖어 보려 했는데 찬물을 뒤집어쓴 것처럼 영화를 보는 내내 씁쓸함과 마주쳐야 했다. 배경 음악도 없이 지루하게 전개되던 영상이 마치 우리의 삶과 흡사하다는 생각을 하면서.

죽음마저도 초월할 것 같은 위대한 사랑도 불완전하고 나약한 인간 실존 앞에서는 무력할 수밖에 없다는 불편한 진실을 환상 없이 두 시간 동안 확인하고 영화관을 나서면서 가슴 한가운데가 먹먹해 왔다. 감동보다는 씁쓸함 때문이었다.

2013. 1.

4

별이 빛나는 밤에

언젠가 시간이 흘러서 우리가 잠시 머물렀던 정원의 봄빛도
차츰 사위어 가는 날이 올 것이다.
그날까지 삶은 여전히 지속될 것이며 강물은 쉬지 않고 흘러가리라.
'꽃은 떨어져도 봄은 그대로다' 라는 '유월'의 시 구절처럼
모든 순간이 소중한 현존이고 봄날인 것을
이제야 어렴풋이 깨닫는다.

별이 빛나는 밤에

〈별이 빛나는 밤에〉는 70년대 라디오 음악 프로그램이다. 밤 10시 시보와 함께 프랑크 푸르셀이 연주하는 시그널 뮤직 Merci Cherie가 잔잔하게 흘러나오면 채널을 고정하고 볼륨을 높였다. 음악을 듣고 있노라면 아스라이 먼 수평선이 바라보이는 바닷가가 눈앞에 펼쳐져 있는 것 같기도 하고 호젓한 해변을 홀로 거니는 것 같기도 했다. 꿈결처럼 아련하고 감미롭게 흐르던 시그널 음악을 나는 좋아했다. 늦은 밤 집으로 돌아오는 차 안에서 음악이 흘러나오면 곡이 끝날 때까지 기다렸다가 정류장을 한 구간 지나기도 했다. 음악을 듣고 있으면 가슴이 서늘하고 아릿해 왔다. 그 시절 음악은 청춘의 쉼표였다. 영어 사전을 찾아가면서 팝송 가사를 베껴 쓰고 흥얼거리던 시절이었다. 밤하늘에 빛나던 수많은 별처럼 막연한 동경과 꿈에 부풀어 서성이던 시간이기도 했다.

요즈음은 KBS FM 〈세상의 모든 음악〉을 가끔 듣는다. 산 그림자가 길게 내려앉는 저녁 무렵 종일 일터에서 분주하게 지내고 집으로 돌아오는 가족을 위해 따뜻한 저녁 식탁을 마련하는 시간, 하루가 저무는 때에 휴식 같은 음악으로 방송은 2시간 동안 풍성하게 채워진다.

그 시절 라디오는 음악의 보고寶庫였다. 엽서에 깨알 같은 글씨로 사연을 쓰고 신청곡을 적어 보내면 가끔 채택되어 전파를 타기도 했다. 그런 날은 잠을 설쳤다. 책상 한편을 지키던 작은 라디오에서도 음악이 흘러나왔다. 대학 시절에는 친구가 일하던 음악 감상실 '하이마트'에 자주 들르곤 했다. 레코드로 빽빽하게 둘러싸인 뮤직 박스 안에서 그녀의 표정은 심각한 듯 보였고 음악은 나직하고 장엄하게 흘렀다. 무슨 곡인지 들어도 알 수 없는 클래식이 대부분이었지만 친구를 만나기 위해서 자주 찾아가곤 했다. 오디오가 흔치 않던 시절이라 라디오 방송이 아니면 음악 듣기가 쉽지 않던 때였다. 지금은 예전과 달라서 보고 듣는 음악으로 환경이 많이 변화했지만 말이다. 그때처럼 녹음기 버튼을 꾹꾹 눌러서 좋아하는 곡을 녹음하던 시절과 비교도 안 될 만큼. 인터넷 공간에 음악 파일이 둥둥 떠다니고 컴퓨터에도 스마트폰에도 음악은 넘쳐난다. 접속만 하면 원하는 음악을 들을 수 있고 공연 실황까지 볼 수 있는 환경으로 발전했다.

가끔 듣고 싶은 곡의 CD를 사기 위해 레코드 가게를 찾을 때가 있다. 인터넷에 접속하면 쉽게 들을 수 있지만 아날로그 감성에 익숙해서인지 CD로 듣는 음악이 편하고 친근하게 다가온다. '별 밤'에서 처음으로 들었던 '돈 맥컬린'의 '빈센트'는 좋아하는 곡 중 하나다. 예전에 라디오에서 처음 듣고 녹음까지 했던 곡을 LP 음반으로 듣다가 이제는 CD 플레이어로 다시 듣는다. 매체는 바뀌었어도 감동은 예전과 다르지 않다. '빈센트'는 화가 '빈센트 반 고흐'의 생애와 그의 작품 중 '별이 빛나는 밤'을 소재로 해서 만든 곡이다. '고흐'의 대표작 중 하나인 '별이 빛나는 밤'은 지병인 정신병이 악화되어 요양원으로 들어가서 삶의 마지막 1년을 병마와 싸우며 그린 것이라고 한다. 병실 밖으로 보이는 밤 풍경과 지난 시절 기억의 흔적을 결합하여 자신의 내면을 표현한 이 작품은 그의 생애에서 가장 고통스러웠던 순간을 잘 드러냈다는 평가를 받고 있다. 새벽이 오기 전 어둠이 가장 짙다고 했던가. 생의 막다른 골목에서 그의 예술은 아름답고도 빛나는 작품으로 채색되었다. 하지만 현실과 이상의 거리를 좁히지 못하고 유일한 조력자였던 동생 테오에게 편지를 남기고 스스로 짧은 생을 마감했다.

생의 최후 순간은 누구에게나 찾아온다. 사람에게 수명이 있듯이 별에도 수명이 있다. 별을 빛나게 하는 주된 물질은 수소라는 원소다. 수소가 소진하면 별도 장렬한 최후를 맞는다. 그리고 별의 밝기는 질량의 세제곱에 비례한다고 한다. 크고 밝게 빛나는 별일수록 수소를 빠르게 소진하기 때문에 별의 일생도 짧게 끝나게 된다. 별을 보며 꿈을 꾸고 그곳에 닿기 위해서 그림을 그렸다던 '고흐', 밤하늘에 반짝이는 별을 보며 그가 꿈꾸었던 세계는 어떤 것이었을까. 어둠이 짙을수록 별은 더 선명하게 빛난다고 했던가. 캄캄한 밤하늘처럼 아득하고 막막하던 시절에 별처럼 빛나던 꿈과 가슴 설레던 몇 곡의 음악들… 그중에 '빈센트'도 있었다.

〈별이 빛나는 밤에〉는 지금도 청소년들이 즐겨 듣는 음악 방송이다. 시대도 많이 변했고 추구하는 꿈도 예전과 달라졌지만 그들도 지난날 우리처럼 미지의 세계로 향하는 꿈을 꾸며 살고 있지 않을까. 별을 빛나게 하는 물질이 수소라는 원소이듯 우리 삶을 이끌어 가는 동인 또한 꿈일지 모르니까. 꿈이 사라지면 우리의 삶도 죽음을 맞는 것과 다르지 않을 테니 말이다.

"~별을 보는 것은 언제나 나를 꿈꾸게 한다. 루암에 가려면 기차를 타듯이 우리는 별에 이르기 위해서 죽는다."

- 빈센트 반 고흐

2013. 7.

봄날

두보 시 「춘야희우春夜喜雨」의 첫 구절은 '호우지시절' 好雨之 時節로 시작한다. '좋은 비는 시절을 알고 있다'라고 풀이되는 이 시는 비가 내리는 봄날의 아름다운 풍경을 섬세하고 정감 있게 표현한 작품이다. 두보가 49세가 되던 해에 성도의 한 초당에서 평온한 생활을 누리고 있을 때 지은 것이라고 한다. 전란으로 가족과 헤어져 떠돌며 방랑했던 그는 다시 만난 가 족과 단란한 한때를 보내면서 시를 완성했다. 격랑의 시대를 헤쳐나가면서 신산한 삶을 살았던 시인은 이 시기가 그의 생 애에서 가장 아름다운 봄날이었는지도 모른다.

꽃샘바람이 한차례 휩쓸고 간 정원에는 꽃비가 내리기 시작 했다. 분분한 낙화… 바람에 흩날리고 비에 젖은 꽃잎들은 지 상에서 마지막 떠날 채비를 서두르고 있다. 세월의 무상함을 일깨워 주며 잠시 머물렀던 봄빛이 차츰 저물어 가고 있었다.

분분히 흩날리는 봄꽃에는 왠지 모를 애틋함이 묻어있는 듯하다. 바람에 흔들리고 봄비에 젖어서도 묵묵히 피어났을 가녀린 꽃잎들은 따스한 봄날의 기억을 애써 잊지 않으려고 선연한 빛을 꽃잎에 새겨 넣었을지도 모르겠다. 한 번의 개화를 위하여 수백 번 흔들리고 분투했을 꽃의 일생을 꽃잎의 빛깔로 보아 알 것도 같다. 그리고 꽃이 진 자리의 텅 빈 적요와 침묵의 화폭에서 동양화의 호젓한 풍경을 엿본다. 이제 낙화는 푸른 잎사귀에 선선히 자리를 내어주고 홀연히 둥지를 떠나겠지만, 이듬해에도 꽃은 다시 흐드러지게 피어날 것이고 분분히 흩어져 날릴 것이다. 나무의 수명이 다하는 날까지 피고 지는 생의 순환은 거듭될 터이니 말이다.

봄의 전령사인 벚나무는 희미한 상처의 흔적 같은 무늬를 지닌 나무다. 벚나무는 생태적으로 상처가 난 자리가 쉽게 아물지 않는 특성을 지닌다. 그래서 한 번 잘린 가지는 아물지 않고 상처로 남게 된다. 상처는 지워지지 않고 얼룩으로 남는다. 다만 시간이 지나면서 차츰 옅어져 갈 뿐이다. 그리고 언젠가는 희미하던 기억마저 흔적도 없이 사라지는 날이 올 것이다. 팔만대장경의 나무판 절반 이상이 벚나무로 만들어진 사실은 우연한 일치가 아닌 듯싶다. 상처가 빚어낸 오묘한 질감이 우리를 화엄으로 가는 길로 안내하고 순간의 덧없음을 일깨워 주려고 한 것은 아니었을까.

생성과 소멸을 거듭하는 자연의 순리처럼 우리의 삶도 잠시 피었다 지는 봄꽃의 속성을 닮은 듯하다. 한순간 피었다가 흔적도 없이 져버리는 봄꽃의 일생처럼 순간에 머물러서 더 아름다운 꽃의 생애는 삶은 허상이고 죽음이 실체라는 철학의 명제를 다시 한 번 일깨워 주는 듯싶다. 그러므로 낙화는 소멸이 아니라 꽃이 지닌 본연의 모습인지도 모르겠다. 두보의 삶처럼, 벚나무의 일생처럼, 그들의 상처와 한 번의 개화가 아름다운 꽃을 피우고 열매를 완성했는지도 모르니까.

언젠가 시간이 흘러서 우리가 잠시 머물렀던 정원의 봄빛도 차츰 사위어가는 날이 올 것이다. 그날까지 삶은 여전히 지속될 것이며 강물은 쉬지 않고 흘러가리라. '꽃은 떨어져도 봄은 그대로다'(花落春伋在)라는 '유월'의 시구절처럼, 모든 순간이 소중한 현존이고 봄날임을 이제야 어렴풋이 깨닫는다.

그리하여 지금, 그리고 여기에서 우리의 생은 찬연히 빛난다는 것을.

2013. 4.

유년의 뜰

　우리집에는 감나무가 세 그루 있었다. 아침에 일어나면 감 꽃이 마당에 노란 융단을 깔아 놓은 듯 흩어져 있었으며 그것을 보고 있으면 마음이 흐뭇하고 뿌듯해졌다. 이른 아침인데 누군가 부르는 소리가 들렸다. 나는 마당에 소복하게 떨어져 있는 감꽃을 바라본다. 문을 열어줄까 말까 망설이는 사이 엄마가 대문을 활짝 열어젖힌다. 그러자 기다렸다는 듯이 아이들이 우르르 몰려온다. 그리고 나는 안중에도 없다는 듯이 저희끼리 감꽃 줍느라 바쁘다. 나는 공연히 심술이 나서 엄마를 바라본다. 그러다 나도 질세라 그들 틈에 끼어서 감꽃을 주워 바구니에 담는다. 마당에 가득하던 감꽃은 어느새 흔적도 없이 사라져 버린다. 조금 아깝기는 하지만 괜찮다고 여긴다. 어쩌면 오늘은 친구들과 함께 고무줄놀이를 할 수 있을지 모르기 때문이다.

　일곱 살에 학교에 들어간 나는 친구들보다 나이가 한 살 적었다. 그들은 나이가 어린 나를 놀이에 넣어주지 않을 때가 많았다. 그런데 그날은 우리집에서 감꽃을 주웠으니 사정이 다를 것이라 기대했다. 감꽃으로 만든 목걸이를 하고 학교로 간다. 목걸이가 출렁일 때마다 알싸한 감꽃 냄새가 코끝을 간지럽힌다.

　학교에서 책상 서랍을 열다가 깜짝 놀랐다. 정체불명의 고무줄이 서랍 안에 수북하게 들어 있었다. 쉬는 시간에 고무줄 놀이를 할 때 짓궂은 남자아이들이 고무줄을 끊어 가져가던 일이 종종 있었다. 그게 내 책상 서랍에 들어 있는 것이다. 나는 큰 잘못을 저지른 사람처럼 가슴이 콩닥거리기 시작한다. 반에서 분실물 사고가 날 때면 선생님은 우리더러 눈을 감으라고 하셨다. 그리고 물건을 가져간 사람은 조용히 손을 들라고 했다. 그러면 용서해 준다고. 그때도 나는 아무 잘못이 없는데도 얼굴이 달아오르고 다리가 후들거리며 떨렸다. 지금이 그런 상황이다. 누가 누명을 씌우려는 게 틀림없다. 내가 안절부절못하고 있을 때 뒤에서 눈치를 보고 있던 어떤 남자아이가 눈짓한다. 나는 그 아이가 범인임을 단박에 알아차린다, 그런데 왜 하필 그것을 내 서랍에 넣어 놓았을까. 기분이 찜찜하고 불쾌하다. 한참을 벼르고 있는데 그 고무줄은 나한

테 주는 것이라고 한다. 고무줄이 있으면 친구들과 재미있게 놀 수는 있겠지만…. 한참 생각하다가 거절한다. 그래도 누명을 쓰지 않는 것만으로도 다행이다. 가슴을 쓸어내린다.

학교에서 돌아오니 엄마가 평상에서 밀가루를 반죽하고 있었다. 칼국수를 하려나 보았다. 나는 국수를 별로 좋아하지 않는다. 그래서 우리집은 내가 먹을 밥이 남아있어야 국수를 해 먹을 수 있다. 엄마가 만드는 칼국수 솜씨는 동네에서도 알아줄 만큼 소문이 나 있다. 밀가루를 반죽해서 국수를 만드는 엄마 얼굴에 땀방울이 송골송골 맺힌다. 나는 엄마 곁에서 국수 썰기가 끝나기를 기다린다. 국수를 썰고 난 뒤 남은 꼬리를 불에 구워 먹는 맛이 별미이기 때문이다.

배탈이 잦아 밤이 되면 화장실에 가는 일이 큰 숙제였다. 해가 설핏하게 기울면 뒤란에 있는 화장실에 가는 게 무서워 오빠를 앞세우고 갔다. 가끔 귀찮다고 투덜대면서도 함께 가 주는 게 고맙기도 하고 미안하기도 하다. 나는 화장실 문 밖에서 기다리는 오빠가 가버릴까 봐 전전긍긍하며 학교에서 있었던 이야기를 꺼내기 시작한다. 그는 이야기를 듣는 둥 마는 둥 대꾸도 않고 잠자코 있다. 나는 불안해서 자주 오빠를 불러본다. 그러면 볼멘소리로 한마디 툭 던지고는 또 잠잠하다. 그래도 확인하고 나니까 안심이 된다. 서둘러 화장실을 나온다. 마당에서 하늘을 올려다본다. 까만 하늘에 반딧불 같은 별들이 총총하게 박혀서 밤하늘을 수놓는다. 나는 길잡이 별이라는 북극성 별자리를 찾다가 놓쳐버린다. 대신에 길게 포물선을 그으며 떨어지는 별똥별을 본다. 오늘 일기는 무엇을 써야 하나 곰곰이 생각하며 한참 동안 별을 헤아린다.

별자리를 찾아가던 까마득한 시간을 거슬러 오르다가 다시 찾은 정원에는 이제 감꽃도 지고 감나무도 흔적 없이 사라졌다. 아침이면 마당에 소복하게 떨어져 쌓여 두 눈을 휘둥그레지게 하던 노란 감꽃 대신에 아릿한 세월의 흔적만 희미하게 남았다. 떨어진 감꽃을 마음대로 줍지 못하고 눈치를 살피던 친구들은 어떻게 변했을까. 시골의 작은 분교였던 학교는 지금은 없어진 지 오래다. 어릴 때 그토록 먹기 싫어하던 칼국수는 시간이 흐른 지금 밥 못지않게 좋아하는 음식이 되었다. 나이가 들어가면서 입맛도 변해 간다는 사실을 새삼 느끼면서 칼국수를 생각하면 문득 엄마가 그리워진다. 내가 해 주는 국수를 좋아하는 아들은 오랜 시간이 흐른 후에도 예전 손맛을 그대로 기억할지 모르겠다. 어릴 때 먹은 음식 맛의 절반은 추억의 맛이라고 하니까. 아쉽게도 나는 엄마의 소중한 손맛을 지나쳐버린 탓에 칼국수를 먹으면서도 추억의 맛을 제대로 느끼지 못하고 살아간다.

시간의 강물 속으로 흘러간 유년의 뜰에 저문 오후의 햇살이 환하게 비친다.　　　　　　　　　　　　2013. 6.

덧버선

기온이 내려가고 날씨가 쌀쌀해지면 발뒤꿈치가 까슬까슬하게 갈라진다. 그동안 연고도 바르고 보습크림도 발라 보았지만 별 효과가 없었다. 생각다 못해 고안한 것이 발을 따뜻하게 관리하는 것이었다. 실내에서 덧버선을 신는 일이 답답하고 번거롭게 여겨졌지만 갈라진 발은 따뜻한 온기 때문인지 땀이 나면서 많이 좋아지는 듯했다.

언제부턴가 겨울이 시작될 무렵이면 시어머니는 털실로 뜨개질한 덧버선을 선물로 주곤 했다. 큰며느리와 시누이 내 것까지 손수 뜨개질한 그것은 겨울 한철 요긴하게 쓰였다. 그리고 여벌로 서너 켤레 더 짠 것은 친지들에게 선물용으로 나누어 주었다. 어머니는 요리 솜씨도 뛰어나서 살림에 어설프기만 한 나를 주눅이 들게 하였다. 덕분에 결혼해서 지금까지 공장 김치 한 번 식탁에 올리지 않고 해마다 영양이 풍부한 김장김치를 맛있게 먹을 수 있었다. 혼자서 김치 담그는 일이 벅차기만 한 나는 배추와 양념을 모두 준비해 놓고 어머니에게 도움을 청한다. '올해만 지나면 다음해부터는 혼자서 담그리라.' 마음으로 다짐하지만, 자신이 없기는 매한가지다.

겨울이 되기 전부터 어머니가 짜기 시작한 덧버선은 겨울 한철 따뜻한 선물이 되었다. 손재주가 별로 없는 나는 흔한 화병 받침대 하나 직접 뜨개질해 본 적이 없다. 그래서 팔순을 바라보는 나이지만 아직도 정정하게 뜨개질 솜씨를 뽐내는 어머니를 감탄 어린 눈으로 바라볼 뿐이다. 예전처럼 물자가 귀한 시대도 아니지만 당신께서 손수 뜨개질한 용품들은 스웨터가 조끼가 되고 다시 덧버선이 되는 동안 변신을 거듭했다. 시장에 가면 단돈 몇천 원으로 손쉽게 살 수 있는 예쁜 덧버선이 지천으로 쌓여있어도 정성을 다해 한올 한올 짠 털실 덧버선에 언제부턴가 정이 가기 시작했다. 사실 덧버선 값으로. 드리는 용돈을 합하면 시장에서 수십 컬레도 더 살 수 있지만 기성품에 비길 바가 아니었다.

시어머니와는 생명을 나누어 가진 혈연관계도 아니면서 오랜 세월을 '어머니'란 호칭을 부르며 살아왔다. 그러나 돌이켜 생각해 보면 형식적인 책임감으로 적당히 거리를 유지하며 지내온 시간이었다. 이기심 때문이었을까 시어머니와 나

사이에는 좀처럼 좁혀지지 않는 틈이 심연처럼 가로 놓여있었다. 내가 아들에게 주는 사랑이 어떤 훈련의 과정이나 기술이 필요 없는 맹목적이고 본능적인 사랑이었다면 시어머니를 향한 관심은 형식적이고 조건이 있는 이기적 사랑이었다. 받은 만큼만 되돌려주는…. 사랑도 기술이 필요하다는데 어머니를 향한 나의 사랑법은 인내와 노력이 부족한 이기적인 것은 아니었을까. 그동안 눈에 보이지 않는 갈등도 많이 겪었고 시집 식구들과 동화되는 데는 오랜 세월이 걸렸다. 사랑을 천부적인 능력으로 보지 않고 훈련과 인내가 필요한 기술로 정의하는 에리히 프롬의 사랑이론을 다시 한 번 새겨본다. 훈련과 노력 없이 성취되는 사랑이 어디 있을까 하고.

자식들이 모두 분가해서 당신 곁을 떠나고 이제 홀로 남겨진 어머니의 생애가 애틋하고 처연하게 다가온다. 그 외로운 모습에서 미래의 내 모습을 보았기 때문일까. 하루도 빠짐없이 새벽기도로 삼 남매 가정의 평안을 위해서 기도로 봉헌하는 어머니의 사랑이 감사하기만 하다. 받기만 하는 사랑에 더 익숙해진 나는 든든한 우리의 바람벽이 오래도록 무너지지 않고 튼튼하기를 마음속으로 바랄 뿐이다.

지난해 겨울 내내 신어서 보풀이 일고 낡은 덧버선 대신에 새것을 신어 본다. 이제 노루 꼬리처럼 짧아져 가는 당신의 생애를 무연히 바라보며 어머니가 짠 포근한 덧버선을 오래도록 신고 싶다는 소망을 해본다. 부끄러운 이기적 사랑으로.

2012. 11.

12mm

사진전 '12mm'는 군에 입대하는 장병들의 머리 길이를 뜻
한다. 작가가 군에서 복무하던 시절에 사병들의 증명사진을
촬영했던 일이 계기가 되어서인지 작품 대부분이 군인을 소
재로 다루고 있다. 훈련소로 떠나기 전 자유로운 청년들의 모
습에서부터 짧게 자른 머리에 굳은 표정을 한 신병들 얼굴,
그리고 조금 여유가 묻어나는 휴가병의 표정과 자유 분망한
예비역에 이르기까지 작가가 관심 있게 다루고 있는 소재는
대부분이 군인들의 초상이다. '12mm'는 개인의 고유한 정체
성이 집단의 이데올로기로 편입되어 가는 과정을 상징적으
로 표현한 작품이라 할 수 있다.

중학교 입학을 앞두고 아들은 학교에서 규정한 대로 머리
를 짧게 깎았다. 처음으로 짧게 자른 아이의 머리 모양은 어

딘가 모르게 생소했고 제도권으로 한 발 내딛는 것을 보는 듯해서 마음이 짠했다. 아들은 짧은 머리가 낯선지 자주 거울을 들여다보았다. 그리고 새로 맞춘 교복을 입어보는 것이었다. 교복은 치수가 약간 큰 듯했지만 그런대로 품이 잘 맞았다. 어색하게 보이던 짧은 머리는 교복 때문인지 제법 어울려 보이는 듯했다. 아들은 이제 머리 모양이 마음에 든다는 듯이 거울 앞에서 싱긋 미소까지 지어 보였다.

고등학교에 들어가서도 규제는 여전히 계속되었다. 남녀공학이었던 학교의 교칙은 여학생에게는 관대했고 남학생에게는 엄격했다. 아들은 불만을 쏟아 냈다. 여학생은 그냥 두고 우리만 단속한다며 볼멘소리로 투덜거렸다 "다 너희 잘되라고 그러는 거다. 속상해 하지 말고 학업에만 전념해라."라고 위로하며 타일렀지만 언짢은 생각이 들기는 마찬가지였다. 3학년으로 올라가면서 입시에 대한 부담으로 예민해진 아이들에게 머리까지 심하게 간섭한다는 생각이 들었기 때문이다. 검사의 기준도 모호했다. 그날그날 담당 선생님의 기분에 따라서 기준이 약간씩 바뀌는 듯했다. 아들은 교칙에서 규정한 대로 짧게 깎았어도 검사를 할 때면 가끔 지적을 받는 모양이었다. 전교 회장 선거에 나선 후보자도 여러 가지 공약 중에서 '두발 자율'을 실현하는 것을 우선으로 내세울 만큼 또래 아이들에게 머리가 차지하는 비중은 매우 컸다. 이렇듯 머리를 둘러싸고 학교의 엄격한 규제와 학생들의 자율 사이에는 늘 간극이 놓여 있었다.

대학에 들어가고 나서 아들은 오랜만에 규제에서 풀려나 자유롭게 머리를 기를 수 있었다. 이제 알맞게 자란 머리는 반곱슬의 머릿결이 자연스럽게 웨이브를 만들어 보기에 좋았다. 가끔 헤어드라이기로 머리를 말리는 아들을 보면서 모처럼 찾아온 자유를 누리는 것을 보는 듯해서 마음이 흐뭇했다.

암울했던 70년대 청년들의 긴 머리는 규제의 대상이 되기도 했다. 여자들의 짧은 치마 길이와 남자들의 장발이 처벌의 대상이 되었던 시절이었다. 개인의 고유한 개성까지 제재를 받아야 했던 세대들에게 그 시절은 떠올리기조차 민망하고 씁쓸한 기억으로 남아 있을 것이다. 그때에 비하면 아들은 한결 자유로운 세대에 속했다.

입대하기 전날 밤, 아들은 일 년 남짓 길렀던 머리를 말끔히 정리하고 굳은 표정으로 현관에 들어섰다. 무언가 단단히 각오한 듯 비장한 결의가 서린 얼굴이었다. 며칠 전부터 입맛이 없는지 밥도 제대로 먹지 않아 얼굴은 살이 빠져 해쓱해져 있었고 머리까지 짧아서 그런지 조금 낯설었다. 허전한 듯 머리를 쓸어보던 아들은 미리 사 둔 모자를 한 번 써보고는 말없이 방으로 들어갔다. 그런 아이의 뒷모습은 짧게 자른 머리 탓인지 초췌하고 쓸쓸해 보였다.

입대하고 며칠 지나서 군 카페에 훈련병들의 사진이 올라오기 시작했다. 사진에는 웃는 얼굴도 더러 보였지만, 연출된 것처럼 어색한 표정을 짓는 사진이 더 많았다. 아들은 얼굴이 조금 더 야위고 굳은 표정 때문에 낯설어서 하마터면 지나칠 뻔했다. 커다란 안경 너머로 반짝이던 안쓰러운 눈빛은 고된 시간을 견디고 있는 것을 말해주는 듯해서 마음이 아팠다.

'12mm'는 집단의 이데올로기가 개인에게 부과하는 규제의 상징으로 읽을 수 있다. 그리고 개인의 고유한 정체성이 집단의 문화로 편입되어 가는 것을 의미하기도 한다. 이제 아들은 이런 과정을 통해서 개별 주체에서 군인으로 혹은 사회에서 군대로 이행해 가는 방법을 익힐 것이다. 그리고 과정을 하나씩 거쳐 가는 동안에 사회에서 구성원의 일원으로 살아가는 방법도 배우게 될 것이다. 하지만 그런 경로를 거쳐 가더라도 비굴함이나 굴종은 배우지 않았으면 하는 게 작은 바람이기도 하다.

아들은 수많은 문턱 중에서 겨우 하나의 문턱을 넘고 있는 셈이다.

2013. 10.

엄마 어렸을 적에

신문을 읽다가 인형작가 이승은 선생의 기사를 보았다. 15년 만에 인형전을 다시 연다는 내용이었다. 신문에 실린 사진은 처음 전시회를 열 때보다 얼굴에 살이 오르고 세월의 흔적이 묻어났지만 따뜻하고 무구한 모습은 예전 그대로였다. 작가는 인형전을 처음 열었을 때는 40대 나이였지만 시간이 흘러 지금은 손자를 둔 할머니가 되었기에 '엄마 어렸을 적엔'이 아니고 '할머니 어렸을 적엔'으로 전시회 이름을 바꿔야 한다며 수줍게 웃고 있었다.

꽃샘추위가 한창이던 봄날, 문화예술회관에서 인형전이 열렸을 때 아들과 함께 전시회장 앞에서 차례를 기다리며 서 있었다. 아이가 유치원에 다닐 무렵이었다. 두 시간 남짓 기다려 겨우 비집고 들어선 전시장은 관람객들로 발 디딜 틈도 없이 북적였다. 지난 시간을 그대로 복원해 놓은 듯 올망졸망한 인형 앞에서 우리는 모두 감탄사만 연발했다. "그래, 그땐 그랬었지…." 전시장에 온 관람객들은 작고 앙증맞은 인형 앞에서 오래도록 자리를 떠날 줄 몰랐다. 60년대 생활 풍습을 그대로 재현한 인형들을 통해서 우리는 타임머신을 타고 어린 시절로 돌아가고 있었다.

인형전을 사진으로 기록한 책이 보고 싶어서 서점 몇 군데에 연락했지만 절판되었다는 소식만 되돌아왔다. 며칠을 궁리하다가 친구에게 책을 사 준 것이 생각나서 급하게 전화를 걸었다. 다행히 친구는 책을 간직하고 있었고 곧 보내 주겠다는 약속을 받아냈다. 오랜만에 다시 펼쳐본 사진 책에서도 그때의 감동이 희미하게 되살아나는 듯했다.

모두가 힘들고 가난하던 시절, 그때 이야기에 우리는 왜 열광했던 것일까. 지금은 그 시절과 비교도 안 될 만큼 풍요롭게 살고 있는데 말이다. 그것은 단순히 지난 시절의 향수 때문만은 아닌 듯했다. 인간에게는 원초적 감정과 관련된 '정서 기억'이란 것이 있다고 한다. 그 기억은 뇌의 중앙부 깊숙한 곳에 새겨져 시간이 흐를수록 대뇌피질 곳곳에 흩어져서 우리의 의식에 관여한다고 한다. 이런 뇌 구조의 시스템 때문에 가장 질기고도 오랫동안 인간의 의식에 영향을 미치는 것이 정서 기억이라는 것이다. 어느 뇌 과학자는 정서 기억을

'인생의 통조림'에 비유하기도 했다

작가는 인형 200여 점이 연출하는 다양한 이야기를 통해서 60년대 시간으로 우리를 안내했다. '구공탄 두 개', '엿장수 할아버지', '밤중에', '여름날 오후', '언니' 등 인형들이 펼치는 아기자기한 이야기 중에서 '엿장수 할아버지'란 제목의 인형이 눈에 들어왔다. 그 시절 외가 남동생은 엿장수 아저씨가 오는 날이면 집으로 들어가서 헌 고무신부터 찾기 시작했다. 그러다가 마땅한 것이 없으면 깨어진 항아리 뚜껑을 들고 나왔다. 마음씨 좋은 아저씨는 그것을 받고 아무 말 없이 엿을 떼어서 동생의 손에 쥐여 주곤 했다. 긴 봄날, 몇 가락의 엿으로 허기를 달래던 그 아이는 미루나무처럼 곧고 구김 없이 자라나 사관학교를 졸업하고 듬직한 군인으로 성장하였다.

'밤중에'는 바느질하는 어머니와 공부하는 아들의 모습을 담았다. 예전 오빠 방에도 작은 나무책상이 하나 있었다. 그리고 책상 앞에는 이런 글귀가 붙었었다. '인내는 쓰다 그러나 그 열매는 달다' 혹은 '실패는 성공의 어머니' 같은 경구를 엄숙하게 붙여 놓았다. 늦은 밤 바느질하는 엄마 곁에서 헝겊 조각을 가지고 놀다 잠이 들곤 했다. 자다가 깨어나 보면 엄마는 밤이 이슥하도록 바느질을 하고 있었다. 그래서 엄마는 잠을 자지 않아도 되는 사람인 줄 알았다. 할머니는 태어날 때부터 할머니라고 생각했던 것처럼.

'여름날 오후'는 가족이 평상에 모여 앉아서 수박을 먹는 모습을 묘사했다. 한낮 동안 뜨거운 열기를 피해 차가운 우물 안에 수박을 채워 두었다가 밤이 되면 꺼내어 먹곤 했다. 수박에 얼음과 설탕을 듬뿍 넣어 양을 한껏 부풀린 수박 화채는 수박보다 들큼한 얼음물이 더 많을 때도 있었다. 늦은 밤 화채를 먹고 잠을 자다가 가끔 오줌을 싸기도 했고 눅눅하고 서늘한 잠자리에서 일부러 늦잠을 자기도 했다. 엄마에게 꾸중 들을까 봐 겁이 나서였다.

'언니'는 공장에서 밤새워 일하는 근로자의 모습을 담았다. 70년대 산업 일군의 한 부류였던 그들은 우리 주변에서 흔히 볼 수 있던 대견한 딸이었다. 대학 시절, 공단 주변의 야학에서 잠시 봉사활동을 했던 적이 있었다. 그들은 온종일 공장에서 일하고 밤에는 무거운 눈꺼풀을 비비며 학교로 왔다. 언니뻘 되는 학생도 있었다. 3교대 근무를 하느라 부족한 잠으로 시달리면서도 졸음을 참아가며 수업을 들었다. 그들 앞에서 간밤의 숙면이 부끄러웠다. 그들이 산업 현장에서 열심히 일해서 모은 돈으로 고향에 있는 오빠나 남동생이 상급학교에 진학하던 시절이기도 했다.

인형전을 보고 나온 관람객들의 눈시울이 감동으로 촉촉하게 젖어 있었다. 다시 돌아갈 수 없기에 그리운 시간이지만 과거는 흘러가서 사라지는 것이 아니었다. 회상이란 단순히 기억의 복원이 아니라 상기의 힘을 통해서 물리적인 시간에서 인간의 시간으로 새롭게 태어나는 신비한 순간이기도 했다. 지난 시간은 우리 삶 속에 여전히 살아서 숨쉬고 있었다. 아련하게 피어나는 추억이란 이름으로.

2013. 3.

저문 날

동요 '오빠 생각'을 듣고 있으면 애잔하고 처연한 느낌이 든다. 아련한 추억 속에서 키 큰 미루나무 같았던 오빠가 생각나면서 지금은 초췌해진 그의 모습이 연상되어서다.

그는 내 삶에 많은 영향을 주었다. 내가 문학에 처음 눈을 뜨게 된 것도, 그의 손에 이끌려 시골 예배당에 발을 들여 놓은 것도 모두 오빠 때문이었다. 집안 형편이 어려워 대학 진학이 힘들던 시절, 그는 교회 목사님의 추천으로 신학교에 들어갔다. 신학을 전공하고 싶은 생각보다는 공부에 대한 갈증 때문인 것 같았다. 정식으로 대학인가가 나지 않은 학교였지만 그것도 감사하게 여기는 듯했다.

하루에 한 번 버스가 지나가는 시골 벽촌에서 그의 고달픈 전도사 생활은 시작되었다. 나는 엄마를 따라서 시골 교회에 몇 번 가본 적이 있었다. 교인 수가 20명도 채 안 되는 작은 교회에서 새벽 4시가 되면 일어나 종을 치고 새벽기도를 인도했다. 풍금 한 대 없는 개척교회에서 무반주로 부르는 새벽 찬송가 소리는 하늘로 올라가 별똥별이 되어 떨어져 내렸다. 그곳에서 1년을 지내고 입대하면서 시골 교회를 떠났다.

군에서 제대하고 복학을 망설이던 오빠는 책 외판을 시작했다. 그리고 이듬해 봄 다니던 신학교를 그만두고 야간대학에 새로 입학했다. 그의 커다란 책가방에는 전공서적과 함께 세계문학전집 팸플릿과 『문학사상』 구독 신청서가 들어 있었다. 첫사랑 같았던 잡지는 그렇게 다가왔다. 가난하던 대학 시절 신간을 사는 것은 꿈도 꿀 수 없는 처지에 그나마 헌책방에서 몇 달 지난 월간지를 반값에 사서 아껴 가며 읽었던 책이다. 형편이 좀 나아지고 나서 일 년 치 구독을 신청하게 되어 부자가 된 것처럼 뿌듯했던 책이기도 했다. 하지만 『문학사상』을 통해 등단하는 작가들을 선망의 눈길로 바라보며 오르지 못할 나무에 절망했던 책이기도 하다.

그는 90년대 학원사업의 붐을 타고 학원을 경영하면서 전성기를 누리기도 했다. 입시학원에서 단과강의 최고의 명성을 발판 삼아 시작한 사업은 예상외로 번창해 갔고 생활도 안정되어 가는 듯 보였다. 하지만 무리한 투자와 새롭게 등장한 인터넷 강의에 떠밀려 사업은 서서히 내리막길로 향했다.

만약 오빠가 신학 공부를 계속했더라면 어떻게 되었을까 생각해 볼 때가 있다. 아마 목사가 되지 않았을까. 하지만 지금 오빠는 저문 시간에 서 있다. 이제 겨우 60대 초반의 나이에 갑자기 뇌출혈로 쓰러져 의식을 잃었다가 다행히 깨어났지만 말을 잃었다. 이제 예전의 열정과 패기는 어디서도 찾아볼 수 없고 어눌한 말투로 서툴게 의사소통을 한다. 학원 강사 시절의 유창하던 능변은 어디론가 사라지고 처음 말을 배우는 어린아이처럼 필요한 말만 몇 마디씩 웅얼거린다. 그 중얼거림 속에서 그의 지난날을 떠올려 본다. 무지개 같았던 옛날은 어디로 가버린 것일까. 오빠 일기장을 몰래 엿보면서 꿈도 함께 훔쳤었는데…. 노트에 적혀있던 시를 베끼고 감추어둔 비밀을 엿보며 내 꿈도 함께 자라고 있었는데 이제는 모두 지난 일이 되어 버렸다. 하지만 추운 계절이 지나가면 따뜻한 봄이 기다리는 것처럼, 지금 오빠가 지나고 있는 어두운 터널 끝에는 밝은 햇살이 환히 비치는 새로운 길이 오래도록 이어졌으면 좋겠다. 겨울이면 봄은 멀지 않았으므로.

2012. 12.

사막을 건너는 법

80년대 출간된 책 중에 『희망』이란 소설집이 있었다. 암울한 시대 분위기와 대조되는 작품집 제목을 보면서 어둠이 빛을 만들어내는 것처럼 고통의 시대가 지나면 새로운 시대가 온다는 상징으로 해석했다.

무용하고 희망이 없는 인간의 실존적 삶을 사막에 비유하고 극복 방법을 제시한 서영은 소설 『사막을 건너는 법』은 거짓 희망이지만 희망을 품고 살아가는 주인공의 삶의 여정을 그린 작품이다.

월남전에 참전했다가 일상의 삶으로 돌아온 주인공 나는 전쟁의 후유증으로 현실에 뿌리내리지 못하고 방황한다. 삶과 죽음이 우연에 의해서 결정되는 전쟁의 참혹함과 세계의 부조리에 대해서 낯선 경험을 하게 된다. 부조리를 깨닫게 되는 것이다. 그러다 우연히 물웅덩이에서 무엇을 찾고 있는 노인을 만난다. 그는 아들이 월남전에서 받은 훈장을 동네 꼬마에게 빌려주었다가 실수로 물속에 빠뜨렸다며 혀를 찬다. 나는 묘한 호기심이 발동해 월남전에서 받은 훈장을 노인 몰래 물웅덩이에 숨겨두고 함께 찾는 척하다가 꺼내어 노인에게 주지만 노인의 뜻밖의 반응에 놀란다. "바보 같으니라고…." 이 한 마디를 남기고 노인은 그곳을 떠나버린다. 사실 그는 훈장을 잃어버린 것이 아니라 일부러 물웅덩이에 버려둔 채 거짓으로 찾고 있었던 게다. 노인은 세계를 덮고 있는 허망함과 숨막히는 실존의 사막에서 살아남기 위해 자신에게 거짓말을 하고 있었던 것이다.

사막은 척박한 현실의 알레고리다. 주인공이 무의미한 삶에서 헛된 희망도 품지 않고 묵묵히 삶을 견디고 있었다면 노인은 진실이 아니더라도 마치 진실인 것처럼 1그램의 거짓말이 1톤의 희망을 만들어 낼 것이라는 눈물겨운 위안으로 사막을 건너고 있었던 것이다.

어느 철학자는 희망이란 바랄 수 있는 것을 바라는 것이 아니고 바랄 수 없음에도 불구하고 바라는 것이기 때문에 무조건적이라고 했다. 그리하여 희망은 우리의 삶을 이끌어가는 존재의 힘이 될 수 있다고 했다. 판도라 상자의 역설은 희망이란 오히려 성취되지 않기 때문에 우리가 기대하며 살아가게 되고 그것이 삶의 원동력으로 작용하는 것이기 때문이다. 희망은 본질적으로 유보되는 특징이 있다.

희망은 숨은 신처럼 한없이 연기되지만, 인간은 오아시스에 대한 환상 없이 사막을 걷지 못한다. 소설 『사막을 건너는 법』은 어둠 속에서 빛을 찾아가는 우리의 희망 여정이다.

2012. 2.

누란

"명사 산 저쪽에서는 십 년에 한 번 비가 오고 비가 오면 돌밭
여기저기 양파의 하얀 꽃이 핀다 봄을 모르는 꽃 (중략) 언제
시들지도 모르는 하얀 꽃과 같은 나라 누란"

- 김춘수. 「누란」 중에서

'누란'은 중국 타클라마칸 사막 호수 주변에 존재했던 옛
도시 국가다. 한때는 번영했던 고대왕국이었지만 지금은 폐
허가 되어 버린 지 오래다. 교역의 요충지로 독자적인 문화를
이룩했던 나라이며 '혜초'가 '법'을 구하기 위해서 들렀던 곳
이기도 하다.

어느 소설가는 지구의 1할이 사막으로 이루어져 있는 것처
럼 우리 존재의 1할을 이루는 것이 또한 사막이라고 했다. 그

러나 사막에서도 백합은 꽃망울을 터트려야 한다고 했다. 그 것이 우리가 살아가는 이유가 되기 때문이리라.

우리 삶에서 존재의 작은 부분을 이루는 사막이 가끔 우리를 삼켜 버릴 때가 있다. 투병 중인 S는 나의 오랜 친구다. 황사 먼지 날리던 봄날에 학원에서 처음 만났다. 대학시험에 실패하고 재수를 할 때였다. 그러나 입시 준비보다 문학에 더 열광하던 시절이기도 했다. 입시를 눈앞에 두고 있었지만 우리의 미래는 불투명했다. 시인이 되고 싶다던 그녀는 시험을 두 달 남짓 남겨두고 홀연히 시골집으로 내려가 버리고 소식이 끊겼다. 확인 안 된 소문만 무성하게 떠돌았다.

우여곡절 끝에 대학생활은 시작되었지만 80년대 암울한 시대만큼 격랑의 시간을 사느라 그녀를 차츰 잊어갔다. 그러던 어느 날 그녀에게서 연락이 왔다. 결혼하고 미국으로 이민을 간 그녀는 4월에 태어났다고 '에이프럴'이란 예쁜 이름을 가진 아이의 엄마가 되어 있었다. 5년 동안 그녀에게도 많은 변화가 있었던 것이다.

우리는 성실한 생활인이 되어갔다. 예전의 푸른 노트를 간직하는 대신 통속이란 편리한 자리에 안주하면서 가끔 국제전화로 서로의 안부를 묻고 살아가는 이야기를 했다. 언제부턴가 꿈에 대해서 아무도 이야기하지 않았다. 삶의 무게중심이 현실로 옮겨지고 꿈 없는 잠을 자는 날이 더 많았기 때문이다.

그러던 어느 날 그녀에게서 다급한 전화가 왔다. 수술실로 들어가는 중이라고 했다. 전화선을 타고 들려오는 떨리는 목소리에 나는 아무 말도 할 수 없었다. 야콥의 거짓말이라도 해야 할 것 같았지만.

폴란드 작가 '유레크 베커'의 소설 「거짓말쟁이 야콥」은 1그램의 거짓말로 1톤의 희망을 만들어 가는 이야기다. 나치 독일군에게 점령당한 유대인들은 외부와 단절된 채 수용소로 끌려가 죽음의 공포와 싸우며 힘든 나날을 보낸다. 독일군이 만든 인위적 사막에 갇힌 그들의 삶은 고통스럽다. 그때 주인공 '야콥 하임'은 러시아 군대가 수용소 인근까지 진격해 왔다는 소식을 우연히 듣게 된다. 희망을 품고 그들과 함께 살아남기 위해서 야콥은 동료에게 라디오가 있다고 거짓말을 하기로 한다. 그리고는 매일 거짓 뉴스를 만들어 동료에게 전해준다. 그들이 숨막히는 사막에서 절망하지 않고 살아남기를 바라서다. 하지만 단 한 사람 야콥의 진실을 알게 된 친구는 다음날 자살하고 만다. 1그램의 거짓말이 1톤의 희망을 만들 수도 있지만, 1그램의 진실이 1톤의 절망을 만들 수도 있었던 것이다. 야콥의 거짓말은 절망적인 현실에서 사막을 건너는 한 가지 방법이었던 셈이다.

나는 그녀에게 아무 말도 할 수 없었다. 하나님께 간절히

기도하라는 책임질 수 없는 말로 위로하는 것 외에 달리 방법이 없었다.

수술은 성공적으로 끝났다. 그녀는 지금도 항암 치료를 받으며 생활하지만 일주일에 한 번 수도원에서 봉사활동을 한다. 진정한 삶의 기쁨을 온전히 누리고 있다고 확신에 찬 목소리로 이야기한다. 힘든 투병생활에도 절망하지 않고 그녀를 견디게 한 원동력은 무엇일까. 그만의 사막을 건너는 방법이 있었던 것일까. 아니면 체념을 통한 종교적 구원에 의지해서 극복한 것일까. 그래서 힘든 고통의 시간을 신의 은총으로 받아들이고 '욥'처럼 견뎌 나갔던 것일까.

그녀가 물었다. "삶이 무엇인가"라고. "글쎄" 그때 나는 대답을 머뭇거렸다. 독실한 가톨릭 신자인 그녀는 윤기나고 숱 많던 머리카락을 모두 자르고 수도승처럼 담담한 표정으로 말했다. 지금은 이렇게 대답할 수 있을 것 같다. '삶은 꿈을 꾸는 것'이라고. 현실이 척박할수록 그 꿈은 더 찬란하다고. 종교도 마찬가지라고. 가보지 않은 미지의 어떤 세계, 만나지 못한 절대자에 대한 꿈꾸기라고 말이다.

환상 혹은 환영이란 대상 없는 지각의 일종이다. 그러나 척박한 현실에서 오아시스의 환상 없이 인간은 사막을 걷지 못한다. 문학을 염원한다는 것은 이 세상에서 저 세상을 바라보며 꿈을 꾸는 행위다. 혜초가 법을 구하기 위해 들렀다던 곳,

누란은 돌밭에서 양파의 하얀 꽃이 피는 나라다.

2012. 10.

.

- 에필로그

　이 책에 수록된 40여 편의 글은 지난 2년 동안 마라톤 선수가 목표 지점을 향해 달려가듯 숨가쁘게 써온 작품들이다. 작년 봄이던가 우연히 '책쓰기포럼' 프로젝트에 참여하게 되었다. 필력이 상당한 분들 틈에 끼어서 책을 내는 일이 처음부터 부담되었지만 망설이는 사이에 학기는 시작되었고 나는 과정을 따라가느라 숨이 턱에 차올랐다. 돌이켜 보면 힘든 순간도 간혹 있었지만 한편으로 생각하면 가슴 뭉클하게 그리운 시간이 더 많았던 것 같다.

　처음 프로젝트에 참여할 때는 조금 설레는 마음이었다. 아들 책꽂이에 내 이름으로 간행된 책 한 권 꽂아주는 것도 괜찮을 것 같다는 소박한 마음에서 비롯되었다. 그리고 가슴 한편에 묻어두고 지냈던 글쓰기에 대한 갈망이 고개를 들기 시작하던 시기와도 우연히 맞물렸다. 하지만 시간이 지날수록 처음의 결심과 달리 글쓰기에 대한 부담은 점차 커져만 갔다. 수필을 쓰는 게 처음이었던 터라 글을 써낼 때마다 자꾸 움츠러들었다. '서사가 중요하다' '형상화가 중요하다' 등 합평을 할 때마다 지적을 받았고 문제점이 드러났지만 이론과 실전의 거리는 아득하고 멀게 느껴졌다. 그러는 사이 틈틈이 이론서를 들추어 보기도 하고 기성작가의 작품을 엿보기도 하면서 두 번의 봄을 맞이하고 보냈다.

글쓰기를 하는 과정에서 읽게 되는 좋은 작품은 때에 따라서 좋은 글이기보다는 아닌 경우도 종종 있었다. 좋은 작품은 글을 쓰고 싶은 열망을 가지게도 하지만 반대로 창작에 대한 의지를 꺾어 버리기도 했기 때문이다. 시가 그랬고 소설이 그랬다. 그들의 내밀한 속살을 이미 읽어 버렸으므로 흉내를 내는 것조차 불가능하다는 것을 알고 포기해야 했던 씁쓸한 기억이 떠오르는 것도 같은 연유에서다.

내가 지금 '수필'이라는 장르를 기웃거리며 머물고 있는 것도 아직 숨을 멎게 할 만큼 완벽한 작품을 만난 적이 없기 때문이 아닐까 생각해 본다. 그래서 용감하게 쓰고 있는지도 모를 일이다. 가능하면 이후라도 그런 작품은 읽지 않을 생각이다. 그래야만 포기하지 않고 끝까지 갈 수 있을 테니까.

2년 동안 짧지 않은 여정에서도 중도에 포기하지 않고 완주할 수 있었던 것은 세 번 이상 작품을 제출하지 않으면 탈락하는 '삼진아웃제'도 단단히 한몫했다. 그래서 밀리지 않으려고 앞만 보고 열심히 달렸다. 원고 마감 시간이 다가오면 신기하게도 안 보이던 오류도 보이기 시작하고 표현이 잘못된 문장도 선명하게 잡히곤 했다. 언젠가 미루어둔 원고를 쓰기 위해 새벽에 일어났던 적이 있었다. 희붐한 미명 속에서 푸른 아침이 열리는 것을 지켜보는 것도 신선한 감동이었다. 그럴 때면 형용할 수 없는 기쁨으로 가슴 한편이 따뜻하게 차오르는 것을 느낄 수 있었다. 그래서 다시 시작하고 싶었다. 무엇이라도 좋았다. 내가 감동할 수 있는 것이라면.

가슴 벅찬 순간을 만난다는 것, 그것만으로 만족할 것이다. 나머지는 그다지 중요하지 않다. 이후로도 그런 마음으로 글을 쓰고 싶다. "함부로 길을 나서 / 길 너머를 그리워한 죄" 이문재의 시 「노독」에서처럼 길 너머를 그리워한 죄의 대가를 톡톡히 치르더라도 흔쾌히 감내할 것이다. 그렇게 나아가고 싶다. 어차피 그 길도 영원히 도달하지 못할 것이므로.

2013. 11.